Delly

Le rubis de l'émir

Roman

 Le code de la propriété intellectuelle du 1er juillet 1992 interdit en effet expressément la photocopie à usage collectif sans autorisation des ayants droit. Or, cette pratique s'est généralisée dans les établissements d'enseignement supérieur, provoquant une baisse brutale des achats de livres et de revues, au point que la possibilité même pour les auteurs de créer des œuvres nouvelles et de les faire éditer correctement est aujourd'hui menacée. En application de la loi du 11 mars 1957, il est interdit de reproduire intégralement ou partiellement le présent ouvrage, sur quelque support que ce soit, sans autorisation de l'Éditeur ou du Centre Français d'Exploitation du Droit de Copie , 20, rue Grands Augustins, 75006 Paris.

ISBN : 978-3-96787-538-6

10 9 8 7 6 5 4 3 2 1

Delly

Le rubis de l'émir

Roman

Table de Matières

Chapitre 1	7
Chapitre 2	10
Chapitre 3	14
Chapitre 4	17
Chapitre 5	23
Chapitre 6	28
Chapitre 7	32
Chapitre 8	35
Chapitre 9	41
Chapitre 10	46
Chapitre 11	52
Chapitre 12	58
Chapitre 13	61
Chapitre 14	67
Chapitre 15	74
Chapitre 16	79
Chapitre 17	83
Chapitre 18	87
Chapitre 19	92
Chapitre 20	95

Chapitre 1

La vieille maison était fermée depuis cinquante ans. À cette époque le propriétaire, Albéric Vaudal de Fougerolles, était parti pour le Mexique où il s'était fort enrichi. De retour en France, il avait marié sa fille unique au duc de la Roche-Lausac et la demeure périgourdine des ancêtres, dédaignée, ne l'avait plus revu.

Elle datait de 1715, ainsi qu'en témoignait le millésime inscrit au-dessus de la porte cochère. Construite en solide pierre de taille, elle dressait sa belle façade un peu noircie par les siècles dans l'étroite rue de la Pierre-Percée, qui avait été la rue aristocratique de cette petite ville de Montaulieu, autrefois centre assez important de la région. Les Vaudal de Fougerolles, bonne famille de robe, y occupaient une situation prépondérante. Aujourd'hui encore, un de leurs descendants, Rémy de Grelles, y habitait, dans un logis situé en face de celui qu'on appelait toujours l'hôtel de Fougerolles.

Il était d'apparence plus modeste et moins ancienne que son vis-à-vis. Une cour sablée, fermée par une grille, le séparait de la rue. À droite se trouvait un garage où M. de Grelles remisait sa petite voiture, à gauche un bâtiment dont Laurent, son fils, avait fait son atelier.

Le commandant de Grelles, officier d'artillerie, blessé en 1917 et devenu veuf peu après, s'était retiré dans cette demeure où il vivait en une relative aisance. Laurent avait établi aux environs une fabrique de poteries artistiques dont il composait les modèles. Cette famille, de vie très digne, continuait d'exercer une certaine influence dans le pays.

Or, un matin de mars, Louisette, la jeune servante, entra tout agitée dans la cuisine où Meryem, la fille du commandant, confectionnait un plat pour le déjeuner.

– Mademoiselle, il y a une belle voiture arrêtée devant la maison d'en face ! Elle prend presque toute la rue. Et la porte est ouverte... Peut-être qu'on va venir l'habiter ?

– C'est possible, dit tranquillement Meryem en continuant de tourner une sauce brune à souhait.

Elle penchait vers le fourneau sa taille souple, bien prise dans une blouse de toile bleu pâle. De beaux cheveux bruns soyeux, formaient un rouleau satiné sur sa nuque. Par une porte vitrée ouverte sur le jardin entrait un rayon de soleil qui éclairait son fin profil arabe, sa carnation mate, légèrement dorée.

Un Fougerolles, autrefois – une cinquantaine d'années avant la conquête de l'Algérie – avait rendu un important service à un grand chef de ce pays qui, en retour, lui donna comme épouse une de ses filles, Meryem, et lui fit don d'un magnifique rubis. Celui-ci, par voie d'héritage dans la branche aînée, devait être aujourd'hui la propriété du duc de la Roche-Lausac. Quant à la fille de l'émir, ramenée en France, baptisée, elle était devenue une dame de Fougerolles comme les autres. Cette ascendance expliquait le type arabe qui se retrouvait chez certains membres de la famille, et le nom de Meryem parfois donné à l'une des filles.

Non découragée par l'indifférence de sa maîtresse, Louisette reprit, tout en déposant sur une table les provisions qu'elle rapportait :

– On va peut-être la louer ?... ou bien c'est le propriétaire qui vient pour l'habiter ?

– Habiter quoi ?

Une grande jeune fille blonde entrait dans la cuisine.

– De quel propriétaire parlez-vous, Louisette ?

– Celui de l'hôtel Fougerolles, mademoiselle. Il y a une auto magnifique arrêtée devant...

Ouvrant une porte, la jeune fille traversa un petit office et entra dans la salle à manger, dont les fenêtres donnaient sur la cour. Soulevant un rideau, elle considéra la longue voiture foncée, qui, ainsi que l'avait dit Louisette, tenait presque toute la largeur de la rue. Le front contre la vitre, elle resta là jusqu'au moment où, par la porte cochère restée ouverte, sortirent deux hommes. L'un, gros et court, était Me Berger, l'un des notaires de Montaulieu ; l'autre, un homme jeune, grand, svelte, qui prit aussitôt place au volant, tandis que le notaire s'asseyait près de lui. La voiture, alors, démarra sans bruit et s'éloigna.

– Eh bien, votre curiosité est-elle satisfaite, Françoise ?

Meryem, entrée à son tour dans la salle à manger, interpellait en riant la jeune personne.

– Oh ! c'est une bien petite curiosité, ma chère amie ! Il n'y a guère de distractions, dans votre ville, et la moindre des choses prend

Chapitre 1

une certaine importance.

Françoise riait aussi, d'un rire presque silencieux qui contrastait avec celui de Meryem, clair et léger.

– J'ai reconnu votre notaire qui accompagnait le propriétaire de cette voiture, un homme jeune, d'allure très distinguée, autant que j'aie pu voir si rapidement.

– Peut-être M. de la Roche-Lausac. Il est possible qu'il cherche à louer cette maison. Car je ne suppose pas qu'il songe à l'habiter. Le nom de la duchesse est l'un des plus fréquemment cités dans le carnet mondain du « Figaro » et je ne la vois pas dans ce vieil hôtel dépourvu de confort, dans notre ville où, comme vous le dites, les distractions sont plutôt réduites.

– En effet, c'est assez invraisemblable. Espérons que ces hypothétiques voisins seront gens agréables, avec lesquels nous pourrons nouer des relations.

– Oh ! nous avons nos amis ! Cela nous suffit, dit Meryem.

Un sourire, nuancé de dédain, détendit les lèvres un peu épaisses de Françoise.

– Vos amis sont charmants, ma petite Meryem, mais... légèrement province. Quelque variété ne ferait pas mal dans le paysage.

Une ombre de contrariété passa dans les yeux de Meryem, si beaux, d'un brun chaud et velouté.

– Je regrette que nos amis ne vous plaisent pas...

Il y avait une note de sécheresse dans sa voix.

– Certains sont évidemment un peu vieux jeu ; mais nous les aimons ainsi, car ce sont d'excellentes gens. Colette, par contre, est gaie, agréable, et met de l'entrain partout où elle passe.

– Certes, certes, dit mollement Françoise.

Elle se détourna, pour jeter un regard vers la rue maintenant déserte.

– N'avez-vous jamais visité cette maison, Meryem ?

– Jamais. Les clefs en ont été confiées au père de Me Berger, alors titulaire de l'étude, et celui-ci, puis après lui son fils, la faisait aérer, nettoyer de temps à autre. Il paraît qu'il y a là de beaux meubles, des tapisseries de valeur. Comme vous le savez, nous n'avons plus eu de relations avec cette branche de la famille depuis que le grand-père de M. de la Roche-Lausac a quitté définitivement Montaulieu.

– C'est dommage.

– Dommage pourquoi ?

– Eh bien, mais... il est toujours utile d'avoir des relations influentes.

– Et à quoi nous serviraient-elles, je vous le demande ? Laurent a sa situation faite, qui lui suffit. Quant à moi, je n'ai nullement le désir de trouver un mari dans le cercle mondain où doivent évoluer les la Roche-Lausac ! Non, ce n'est pas cela que je souhaite !

Françoise ne répliqua rien. Ses paupières, aux cils blonds très longs, s'abaissaient sur les yeux d'un gris pâle. Meryem regardait pensivement ce visage aux traits réguliers, un peu épais, ce teint clair, cette bouche trop lourde. Et ces yeux, doux, si doux, indéchiffrables comme la nature même de Françoise. Une fois de plus, elle sentit sourdement en son âme une obscure hostilité contre cette filleule de son père.

Chapitre 2

Dès le lendemain, la nouvelle courut dans Montaulieu : le duc de la Roche-Lausac allait venir habiter l'hôtel de Fougerolles.

Laurent l'annonça chez lui en rentrant à l'heure du déjeuner. Le commandant faillit lâcher la fourchette avec laquelle il piquait une galette au fromage déposée sur son assiette.

– Non ? C'est vrai ? Qui te l'a dit ?

– Colette, que je viens de rencontrer. Elle le tient de Jacqueline Berger. On va faire dare-dare les réparations nécessaires, y mettre tout le confort. Et M. le duc veut que ce soit prêt pour le premier mai ! Un homme de tête, d'après Me Berger.

– Ah bien ! par exemple ! qu'est-ce qu'il peut bien venir faire par ici ?

– Peut-être a-t-il des difficultés d'argent et veut-il faire des économies en venant vivre quelque temps à Montaulieu, suggéra Françoise.

– Hum !... oui, après tout, si belle que soit une fortune, certaines existences mondaines peuvent en venir à bout. Alors, il faut bien

Chapitre 2

freiner si on ne veut faire la culbute.

Meryem dit, avec son joli sourire :

– Eh bien ! Mme de la Roche-Lausac trouvera quelque différence ici avec ses villégiatures de Deauville ou de Biarritz ! Je pense qu'elle ne tardera pas à mourir d'ennui.

– Cela va faire du mouvement dans notre vieille rue, ajouta Laurent.

C'était un garçon robuste, pas très grand, bien planté. Un front haut, sous les cheveux bruns qui frisaient légèrement, accentuait l'expression d'intelligence de cette physionomie, des yeux châtains où se discernaient la réflexion lucide, la finesse d'observation qui étaient remarquables chez lui.

Meryem dit pensivement :

– Je serais curieuse de savoir s'ils ont conservé le rubis de l'émir.

– C'est fort probable. D'autant plus qu'il s'y attache une certaine croyance superstitieuse, n'est-ce pas, mon père ?

Le commandant inclina affirmativement la tête.

– En effet, on prétend que la femme qui porte ce joyau est assurée du bonheur. J'ignore si l'expérience a confirmé ladite croyance. Mais comme tu le dis, Laurent, il est à supposer que les la Roche-Lausac l'ont conservé, puisque jusqu'ici ils paraissent avoir mené une existence qui suppose une très grosse fortune.

Des ouvriers apparurent dès le surlendemain, et ce fut le début d'un travail incessant dans le vieux logis. On dut faire des prodiges de célérité pour que tout fût prêt au jour dit. Il y eut seulement quarante-huit heures de retard. Et on vit apparaître ensuite des domestiques précédant des camions pleins de bagages. Des chevaux de selle furent amenés dans les écuries, deux automobiles furent garées dans les remises, qui donnaient sur une rue transversale. Enfin, un après-midi, la longue voiture déjà aperçue auparavant amena les maîtres du logis.

Meryem rentrait précisément de chez son amie Colette Langey. Elle distingua au passage le visage ferme, un peu dur de celui qui devait être M. de la Roche-Lausac, puis trois femmes, l'une d'un certain âge, les deux autres jeunes, ainsi qu'une petite fille. Et elle passa en détournant discrètement la tête.

Un domestique, sorti de la maison, aidait les trois dames à descendre. L'une d'elles, une brune fort jolie, jeta sur la sombre façade un long regard. Ses lèvres trop rouges se serrèrent, une lueur de haine jaillit de ses beaux yeux noirs.

– Je vois que vous avez bien choisi ma prison, Aimery, dit-elle à mi-voix.

Elle s'adressait à M. de la Roche-Lausac en ce moment debout près d'elle.

– C'est une prison que beaucoup envieraient, riposta-t-il froidement.

Et se tournant vers la dame plus âgée, qui semblait marcher péniblement :

– Venez vite vous reposer, ma mère... Antoine, appelez Gerbier pour qu'il rentre la voiture, puis conduisez madame et dona Elvira à leur appartement... Viens, Gisèle.

Ceci s'adressait à la petite fille de cinq à six ans qui, elle aussi, levait sur la noble et sévère façade des yeux curieux, un peu hostiles.

Elle obéit et suivit le duc sous la voûte. Mais, tout à coup, elle se détourna et, appuyant ses doigts sur sa bouche, elle envoya un baiser à la jolie femme brune. Celle-ci lui répondit en agitant la main. Puis elle se dirigea vers la droite où s'élevait un imposant escalier à rampe de fer forgé, mal éclairé par une fenêtre garnie de fort beaux vitraux.

– Elvira, c'est mortel !

La voix sortait assourdie, un peu rauque, des lèvres serrées de la jeune femme.

Sa compagne, debout au pied des marches de pierre recouvertes d'une épaisse moquette veloutée, resta d'abord silencieuse. Elle regardait autour d'elle, avec intérêt. Et elle dit enfin :

– Cette maison a beaucoup de caractère. Elle convient au genre de ton mari, Flora.

Une poussée de colère convulsa le charmant visage de la jeune duchesse.

– Le genre de mon mari ! Tu es idiote ! C'est tout ce que tu trouves à me dire quand tu sais quel effroyable supplice il m'inflige ?

– Si tu avais suivi mes conseils, tu n'en serais pas là. Il y a certains

Chapitre 2

hommes qu'il ne faut pas braver. Aimery est de ce nombre. Tu n'as pas voulu le comprendre, Flora.

Une lueur de dédain passait dans les yeux sombres d'Elvira, la seule beauté de ce visage brun, anguleux, où cependant on retrouvait une ressemblance avec celui de sa sœur Flora.

Mme de la Roche-Lausac leva les épaules, avec un léger ricanement.

– Accepter bénévolement cet esclavage ? Non, non, ma chère amie. Pour le moment, il est le plus fort, mais je n'ai pas dit mon dernier mot.

– Chut, voici Antoine, murmura Elvira.

Le domestique s'avançait en demandant :

– Madame la duchesse veut-elle que je la conduise à son appartement ?

Flora acquiesça du geste et commença de gravir les degrés. Au premier étage, sur un large palier, ouvraient plusieurs portes. L'appartement désigné pour Mme de la Roche-Lausac et sa sœur donnait sur le jardin. Les pièces étaient vastes, hautes de plafond, en partie lambrissées de bois peint en gris. On les avait tendues de toiles de Jouy, et les beaux meubles anciens des Fougerolles les décoraient. L'une d'elles avait été aménagée en salle de bains. Le tout était confortable, mais sans rien de ce luxe délicat qui existait dans l'hôtel parisien de la Roche-Lausac, et dans leurs villas de Cannes et de Deauville.

Quand Flora eut fait le tour de l'appartement, elle revint à la pièce aménagée en salon. D'un ton plein de rage elle murmura :

– Et voilà donc où je dois vivre !

Elvira avait ouvert une des deux hautes fenêtres cintrées. Penchée sur le balcon, elle regardait le vieux jardin à la française aux allées ratissées, aux buis et aux ifs bien taillés. Des fleurs printanières l'égayaient, et un jardinier s'occupait de refaire les mosaïques des parterres.

– Ce n'est pas mal, Flora, pour une maison de province.

– Je te souhaite d'y rester toute la vie ! dit violemment Mme de la Roche-Lausac.

Les longues lèvres d'Elvira s'entrouvrirent en un léger sourire.

Chapitre 3

Ce séjour du descendant des Fougerolles à Montaulieu était tout un événement pour la petite ville. Dans les jours qui suivirent, on guetta le passage des nouveaux arrivés. Mais, en dehors des domestiques allant aux provisions, on ne vit que M. de la Roche-Lausac faisant chaque matin sa promenade, et sa fille, la petite Gisèle, sortant avec sa gouvernante anglaise.

– Une jolie enfant, dit Meryem, qui l'avait croisée dans la rue de la Pierre-percée. Elle m'a souri au passage, comme si elle devinait qu'un même sang coule dans nos veines.

– Eh bien, il paraît que son père s'en souvient...

Le commandant, qui rentrait, avait entendu la réflexion de sa fille.

– Me Berger vient de me dire qu'il souhaitait me rendre visite.

Françoise, assise à sa droite, leva vers lui un regard plein d'intérêt, tandis qu'il continuait :

– Je lui ai naturellement fait répondre que ce serait un plaisir pour moi.

– Allons, nous verrons quelle sorte d'homme il est, ce noble cousin ! dit gaiement Laurent. À cheval, il a grand air. Je l'ai aperçu ce matin. Et sa monture est une bien belle bête !

Le commandant poursuivit :

– Me Berger m'a dit aussi qu'il venait d'acheter le domaine de la Guibière et qu'il avait l'intention de s'en occuper avec l'aide d'un régisseur.

– La Guibière ? Cette belle propriété qui est tout près d'ici ? demanda Françoise.

– Oui, à trois kilomètres. La plus belle propriété du pays. Elle a autrefois appartenu aux Fougerolles.

– Le mondain veut donc se remuer en gentilhomme fermier ? dit en riant Meryem. Eh bien, je trouve que c'est tout à fait à son honneur. À cause de cela, il m'est sympathique à l'avance, notre cousin.

– L'élégante duchesse n'est peut-être pas de cet avis, répliqua Laurent. Les plaisirs de la campagne ne remplaceront pas les palpitantes séances chez le couturier, les soirées, les thés-bridges,

Chapitre 3

et autres distractions de cet acabit.

– À moins qu'elle accepte de sacrifier tout cela par amour pour son mari, dit Meryem.

Laurent regarda sa sœur avec une affectueuse ironie.

– Chère petite sentimentale ! Je suppose que ces belles dames du monde ne s'embarrassent pas de ces considérations-là et qu'elles chérissent avant tout leur personne, leurs plaisirs, leurs vanités. Mais, après tout, peut-être Mme de la Roche-Lausac est-elle une exception à la règle. Nous en jugerons bientôt.

Aimery de la Roche-Lausac se présenta le surlendemain chez son cousin et parent. Louisette, fort intimidée, l'introduisit dans le salon, grande pièce ouvrant sur le jardin et qui était le centre de rassemblement de la famille, à certaines heures du jour. Meryem y avait sa corbeille à ouvrage et son bureau, Laurent, son violoncelle, le commandant une petite table où il posait, près de son service de fumeur, les revues dont il lisait des pages à haute voix, après les repas.

Meryem s'y trouvait seule quand fut introduit M. de la Roche-Lausac. Elle l'accueillit avec la simplicité qui était un de ses charmes. Il n'y avait en elle nulle complication, aucune de ces petites coquetteries trop fréquentes chez les femmes. Elle était gracieuse naturellement, sans détours, comme elle respirait. Gracieuse et loyale. Peut-être le visiteur en eut-il l'intuition soudaine, car sa physionomie fermée, un peu altière, s'adoucit dès les premiers mots échangés avec elle.

– Je me présente moi-même, dit-elle, Meryem de Grelles, la fille du commandant.

– Me Berger m'a parlé de vous, ma cousine. Vous êtes, m'a-t-il dit, une amie de sa fille.

Aimery s'asseyait sur le siège que lui désignait Meryem. Comme l'avait dit Laurent, il avait grande mine. Rien d'apprêté, un air aisé, sans morgue, une distinction parfaite dans la simplicité. En sa tenue, une élégance discrète qui ajoutait encore à cette distinction. Mais, surtout, Meryem fut frappée de l'énergie qui se dégageait de cette physionomie, de la bouche ferme, presque dure, des traits nettement sculptés, des yeux d'un bleu profond qui regardaient en face, lucidement, froidement.

Prévenu par Louisette, le commandant arriva aussitôt, et peu après Laurent. M. de la Roche-Lausac se montra aimable, agréable causeur. Il parla de la propriété dont il venait de se rendre acquéreur. Les questions agricoles l'avaient toujours intéressé et il avait déjà eu l'occasion de s'en occuper quelque peu dans un domaine de Seine-et-Oise légué par un oncle de sa mère.

– La Guibière est d'un très bon rapport, dit le commandant, les fruits, en particulier, sont magnifiques. Le précédent propriétaire n'a pas négligé de replanter à temps et vous aurez les arbres en pleine production.

– Tant mieux ! Les fruits forment une bonne part du régime auquel est astreinte ma mère.

– Mme de la Roche-Lausac n'est pas bien portante ? demanda Meryem.

– Non, elle a besoin d'assez grands ménagements. J'espère qu'elle éprouvera du bien de ce changement d'air. Elle m'a chargé de vous dire qu'elle serait heureuse de faire votre connaissance.

Après un court intervalle, Aimery ajouta, sur un ton subitement plus bref :

– Et je vous présenterai ma femme.

À ce moment, une porte fut ouverte et Françoise parut sur le seuil. Elle eut un geste de surprise, un « pardon » un peu effarouché, puis fit un mouvement pour se retirer.

– Entre mon enfant !... dit M. de Grelles. Tu feras connaissance avec notre nouveau voisin... Mon cousin, Mlle Françoise Gibault est ma filleule, la fille d'un ami très cher.

M. de la Roche-Lausac salua la nouvelle arrivante avec une indifférence polie. Puis il reprit l'entretien sur la Guibière, parla des beautés naturelles du pays. Enfin il se leva, en réitérant son invitation au nom de sa mère et au sien.

– Le jour que vous voudrez, ajouta-t-il. Ma mère sort rarement, toujours en voiture et généralement au début de l'après-midi.

Il salua ses hôtes, serra les mains tendues. Son regard s'attacha un instant sur Meryem, tandis qu'il disait avec ce sourire rare chez lui, mais qui donnait une douceur inattendue à sa physionomie :

– Vous avez hérité le type arabe de notre commune aïeule, ma cousine. Une de mes tantes l'avait aussi, et vous lui ressemblez de façon curieuse.

– Avez-vous toujours conservé le fameux rubis que l'émir lui remit pour dot ? demanda le commandant.

– Oui, il est toujours resté dans la famille. Ma femme l'a constamment sur elle. En somme, elle en a fait une sorte de fétiche.

La voix devenait sèche, sarcastique.

– Mais il est de tradition, paraît-il, qu'il porte bonheur ! dit Françoise.

Aimery eut un demi-sourire où le dédain se mêlait d'ironie, en ripostant :

– Cela dépend de ce que l'on entend par bonheur.

Chapitre 4

Le commandant et ses enfants rendirent visite à leurs voisins deux jours plus tard. Françoise les accompagnait. Le commandant avait dit :

– Puisqu'elle a fait la connaissance de M. de la Roche-Lausac, on ne peut pas avoir l'air de la laisser de côté. D'ailleurs, si nous avons des relations avec ces dames, elle est appelée à les voir aussi.

Laurent et Meryem n'avaient pas élevé d'objections. Ils ne pouvaient, raisonnablement, rien dire contre la pupille de leur père. Cette vague antipathie qu'ils ressentaient à son égard n'avait, en somme, pas de motifs, et Meryem, conscience délicate, se la reprochait parfois. N'était-ce pas assez que Françoise fût orpheline ? M. de Grelles, appelé près de son ami mourant, le capitaine Gibault, l'avait recueillie, âgée de six ans, et amenée chez lui. Plus tard, Françoise avait été mise dans une excellente pension et passait ses vacances chez son tuteur et parrain. Son père lui avait laissé des revenus suffisants pour son éducation. Mais elle n'était pas travailleuse et après un bachot difficilement passé, elle avait essayé d'une chose et d'une autre, sans rien mener à bien. Depuis un an, elle travaillait la peinture, sa véritable vocation, prétendait-elle. Sous prétexte de se guérir des suites d'une mauvaise grippe, elle s'était fait inviter un mois auparavant par le commandant dont elle connaissait par expérience la bonté inépuisable. Et ainsi que le disait Colette Langey, l'amie de Meryem et la fiancée de Laurent, il y avait à craindre qu'elle s'incrustât comme huître au rocher.

Les visiteurs furent d'abord introduits chez la duchesse douairière. Elle occupait un appartement au rez-de-chaussée, sur le jardin. Assise dans une vieille bergère de damas rose quelque peu fané, elle accueillit ses hôtes avec une certaine affabilité nuancée de réserve. Son visage pâli par la maladie n'avait jamais dû avoir de beauté, mais il existait chez elle, dans sa physionomie, dans son attitude, une noblesse, une grâce qui survivaient à la jeunesse.

Près d'elle se trouvait sa petite-fille, occupée à jouer avec ses poupées. L'enfant tendit sa main aux visiteurs, mais elle la laissa plus longtemps dans celle de Meryem et, comme l'autre jour, elle sourit à la jeune fille.

Lorsqu'Aimery, un quart d'heure plus tard, entra chez sa mère, il la trouva engagée dans une conversation amicale avec ses hôtes. Quant à Meryem, assise sur un pouf bas, elle passait la revue des poupées de Gisèle et de leur trousseau.

– Eh bien ! je vois que cette petite vous a accaparée, ma cousine ! dit M. de la Roche-Lausac, une fois les salutations échangées.

– Nous nous entendons très bien, répliqua gaiement Meryem. J'ai aimé les poupées très longtemps et cela me rajeunit de m'occuper d'elles.

Aimery, attirant à lui un siège, s'assit près de la jeune fille. L'entrain de Gisèle semblait soudainement tombé. La petite figure au teint frais, si jolie entre les boucles des cheveux, blond foncé comme ceux de son père, prenait une expression fermée. Elle s'empara silencieusement de ses poupées et les emporta dans une pièce voisine. Meryem, occupée à répondre à une question d'Aimery, n'y apporta pas d'attention. Ce fut plus tard seulement qu'elle s'aperçut que la petite fille avait disparu.

– Qu'est-elle donc devenue, votre petite Gisèle ? demanda-t-elle.

– Une idée lui a passé par la tête. Elle est assez capricieuse, répondit-il brièvement.

Par les fenêtres ouvertes sur le jardin arrivaient depuis un moment le son d'un piano et celui d'une voix de femme. Voyant que ses hôtes prêtaient l'oreille, M. de la Roche-Lausac expliqua :

Chapitre 4

– C'est ma femme qui chante, accompagnée par dona Elvira, sa sœur, qui est une remarquable musicienne. Si vous le voulez bien, je vous conduirai près d'elles. Puis nous reviendrons prendre le thé ici.

Ils sortirent par une des portes-fenêtres et longèrent la terrasse de pierre dégradée s'étendant sur toute cette façade. Les beaux vases de pierre qui la décoraient étaient garnis de fleurs. Meryem s'arrêta un instant pour regarder la perspective des parterres harmonieusement tracés.

– Vous ne connaissiez pas cette maison ni ce jardin ? demanda Aimery.

– Non, personne de nous ne les avait jamais vus. C'est vraiment une belle demeure.

– Noble et belle, oui. Je regrette de l'avoir ignorée si longtemps.

Par une porte vitrée, d'où s'échappaient la voix et le son du piano, sortit en aboyant une petite boule de soie beige. Mais à la vue d'Aimery, le chien battit précipitamment en retraite.

M. de la Roche-Lausac introduisit ses hôtes dans un salon lambrissé de chêne, décoré de Gobelins. Chant et piano s'étaient tus. Debout près du piano devant lequel était assise sa sœur, Flora se tournait vers les arrivants. Ses courts cheveux noirs, satinés, encadraient le bel ovale du visage au teint fardé, à la bouche trop rouge. Une robe de crêpe couleur de paille moulait la taille élégante. Sur la peau mate de la gorge, suspendu à un fil de platine, la rouge lueur d'un rubis magnifique attirait les regards.

– Voici nos cousins de Grelles, Flora : le commandant, son fils Laurent, sa fille Meryem. Mlle Françoise Gibault est une pupille du commandant.

Flora tendit une petite main garnie de bagues en prononçant quelques vagues mots de bienvenue. Le commandant lui exprima aussitôt, avec son habituelle courtoisie, ses regrets qu'elle eût été interrompue dans son chant.

– Oh ! cela n'a pas d'importance ! D'ailleurs mon mari n'aime pas le chant – le mien tout au moins.

La note acidulée de la voix ne pouvait échapper à ceux qui étaient là. Quant au duc, comme s'il n'eût pas entendu, il se tourna vers Elvira, qui se levait de la banquette du piano.

– Ma belle-sœur, doña Elvira de Gomaès.

Puis il invita ses hôtes à s'asseoir, ce que paraissait oublier de faire sa femme. Ce fut lui, tout d'abord, qui entretint la conversation. Comme il la mettait sur le chapitre de la musique, Elvira y prit alors part, entreprenant avec Laurent, très musicien, une discussion sur leurs compositeurs préférés. À demi étendue dans un fauteuil, Flora restait silencieuse en caressant les soies blondes du petit chien venu se réfugier sur ses genoux. Mais elle parut s'animer tout à coup lorsque, sur une question de son hôte, le commandant répondit :

– Oui, nous avons ici un petit cercle de relations. Il y a quelques thés, des parties de bridge...

– Le bridge ? Est-ce que vous y jouez, commandant ? demanda vivement la jeune femme.

– Eh oui ! C'est une de mes distractions préférées.

– Je puis même dire que mon père y est très fort, ajouta Laurent. Il nous bat fort souvent, ma sœur et moi.

– Oh ! alors nous organiserons des parties ! Je suis très forte aussi, je vous préviens, commandant.

Elle prenait de l'entrain, devenait aimable. C'était une femme séduisante quand elle le voulait bien. Mais il y avait en elle quelque chose de factice qui frappa Laurent.

– Alors, à bientôt ? Nous prendrons rendez-vous, dit-elle quand ses hôtes se levèrent pour se retirer. J'irai d'ailleurs vous voir un de ces après-midi et nous en reparlerons.

Elle accompagna les visiteurs jusqu'à la terrasse, mais répondit par un bref « non, merci » à cette invitation de son mari, faite d'ailleurs assez négligemment : « Ne venez-vous prendre le thé chez ma mère ? »

En rentrant dans le salon où demeurait Elvira, elle reprit sa pose abandonnée sur le fauteuil. Sa sœur demanda :

– Tu ne veux plus chanter ?

– Si, tout à l'heure... Ils sont assez bien, ces gens-là, dis, Elvira ? Bien pour des gens de province, naturellement. Il n'y aura pas grand-chose à en tirer en dehors du bridge.

– La jeune Meryem a beaucoup de charme.

– Oui, mais il faudrait qu'elle fût un peu arrangée, et bien habillée.

– Sa robe lui allait bien et elle est élégante naturellement.

– Oh ! Une robe de quatre sous ! dit Flora avec un dédaigneux plissement des lèvres.

Elvira eut un rire bref.

– Il faudra pourtant bien que tu te contentes de ces robes-là, si ton mari te réduit à la portion congrue.

Flora sursauta, en regardant sa sœur avec colère.

– Te figures-tu que je me laisserais faire ?

– Comment l'empêcherais-tu ? Il est maître de sa fortune, j'imagine ? Du moment où il te donne de quoi te vêtir, te nourrir convenablement, tu n'as rien à réclamer, ma pauvre amie.

– Rien à réclamer ? Nous verrons cela. Crois-tu que je vais indéfiniment me laisser molester, séquestrer dans cette horrible maison ? Il faudra bien qu'il cède, qu'il me laisse mener la vie que j'aime, ou alors...

– Ou alors ? Quoi ? Que peux-tu faire contre lui ?

La pitié narquoise qu'elle voyait dans les yeux de sa sœur parut exaspérer Flora. Elle se redressa sur le fauteuil en criant presque :

– Je ferai n'importe quoi... n'importe quoi pour être libre !

– C'est facile à dire... murmura Elvira en levant les épaules.

À ce moment surgit dans le salon la petite Gisèle, qui vint se précipiter dans les bras de sa mère. Celle-ci la serra contre elle, baisa ses cheveux blonds.

– Te voilà, ma chérie, mon trésor ! Tu as pu échapper à cette affreuse Bessie ? Tu es venue voir ta pauvre maman si malheureuse. Ah ! quand serons-nous libres toutes deux, ma petite... loin de ce tyran qui nous martyrise !

Au retour de la visite chez leurs nouveaux voisins, Laurent et Meryem trouvèrent dans le jardin Colette qui les attendait. Assise sous le berceau de chèvrefeuille, elle s'occupait à démêler une pelote de laine, tout en admonestant un beau matou gris assis devant elle et occupé à se frotter placidement l'oreille avec sa patte.

– Vois le fameux travail qu'a fait ton chat, Meryem !... Eh bien, cette visite ? Comment s'est-elle passée ?

– Parfaitement, dit Laurent.

Il s'assit sur le banc près de sa fiancée et baisa la main qu'elle lui tendait.

– Des gens aimables, en somme. La douairière, très bien. Sa belle-fille, jolie femme, probablement très capricieuse. Nous trouvons grâce à ses yeux comme joueurs de bridge. À défaut de grives, les merles sont bons quand même.

Il rit et Colette lui fit écho.

– Si elle ne vous a donné que cette preuve d'amabilité ?

– Elle considère probablement que c'est beaucoup, venant d'elle, la grande dame accoutumée à tous les plaisirs du monde, et s'adressant à nous, humbles provinciaux peu fortunés.

Meryem s'était assise sur un fauteuil de jonc, en face de son amie. Elle avait jeté sur une table sa légère capeline de paille et, d'un geste distrait, remettait en place une petite mèche de ses cheveux.

– Qu'est-ce que tu en dis, toi ? demanda Colette.

Elle levait son petit nez un peu retroussé, amusant dans ce visage rond dont le teint frais était la plus grande beauté. Petite, bien faite, vive et gracieuse, Colette Langey cachait sous ses airs rieurs, futiles, volontiers malicieux, les plus sérieuses qualités morales et une intelligence déliée. Meryem appréciait la sûreté de son amitié et l'aimait depuis longtemps comme une sœur.

– Eh bien ! je dis comme Laurent, au sujet de deux duchesses. L'une me plaît, l'autre... ne m'est pas fort sympathique. Mais ce n'est qu'une première impression.

– Peut-être la bonne... Et lui, M. de la Roche-Lausac ?

– Très bien, dit Laurent. Très intelligent, visiblement énergique, probablement volontaire. Aimable, simplement, quoique avec quelque réserve. Mais le ménage marche certainement de travers.

– Ah ! Ah ! vous avez déjà vu ça ?

– Oh ! C'est clair ! Et à mon avis, mes enfants, cette jeune dame se trouve en pénitence ici.

– Par exemple !

– Eh oui ! Cela expliquerait ce séjour intempestif dans notre petite ville. Son mari aura voulu la soustraire à quelque tentation, la punir de quelque faute, que sais-je !

– Quelle imagination vous avez, Laurent ! Bientôt vous nous

parlerez de séquestration. M. de la Roche-Lausac vous fait-il donc l'effet d'un tyran ?

– Non pas, mais il peut être un justicier.

– C'est un homme qui souffre, dit Meryem.

Elle avait repris la capeline et lissait d'un doigt machinal le large ruban soyeux qui l'ornait.

– Alors, tu crois que lui est la victime ?

– Il n'y a qu'à voir cette femme pour le supposer. N'est-ce pas ton avis, Laurent ?

– Ma petite Meryem, il est encore trop tôt pour que je me prononce là-dessus. Je ne connais pas M. de la Roche-Lausac, qui, à première vue, je le répète, me donne l'impression d'un homme assez volontaire. Peut-être est-il difficile de caractère. La jeune femme paraît frivole et je n'aime pas beaucoup son regard. Mais cela ne peut tout de même pas nous procurer une indication suffisante pour lui donner les torts, dans cette mésentente conjugale présumée.

– J'ai bien vu qu'il souffrait, répéta pensivement Meryem.

Chapitre 5

Si les notabilités de Montaulieu avaient espéré entrer en relation avec leurs nouveaux concitoyens, ils furent vite déçus. Les la Roche-Lausac paraissaient vouloir s'en tenir à la fréquentation de leurs parents. Tout au plus, parfois, le duc invitait Me Berger, sa femme et sa fille, à venir prendre le thé. Mais, par contre, les rapports avec la maison de Grelles étaient fréquents. Presque chaque jour, il y avait une partie de bridge, soit à l'hôtel de Fougerolles, soit chez le commandant. Laurent faisait de la musique avec dona Elvira, dont il appréciait fort le talent. Flora semblait s'être entichée de Françoise – peut-être parce que celle-ci la flattait habilement. Comme elle dessinait assez bien, elle s'était mise en tête de se faire donner des leçons par la filleule du commandant. Autant cette occupation-là qu'une autre ! disait Aimery à sa mère, en levant les épaules.

Il avait fait installer un court dans un terrain situé au bout du jardin, et des parties se disputaient entre les habitants de l'hôtel et ceux de la maison voisine. Le commandant, bonne raquette, n'était pas le moins enchanté. Quant à Meryem, qui avait jusqu'alors peu pratiqué ce jeu, elle profitait avec une étonnante rapidité des conseils donnés par Aimery.

– Vous serez bientôt aussi forte que Flora, lui dit-il, alors que vers une fin d'après-midi ils revenaient du court, entre les parterres fleuris du vieux jardin.

Elle rit, en secouant la tête.

– Oh ! je n'ai pas cette prétention ! Elle a, paraît-il, gagné des matches assez difficiles ?

– Oui, mais elle a perdu, depuis quelque temps. Elle n'a plus la même sûreté...

Quelque chose frappa Meryem dans l'accent de son cousin. Elle leva la tête, vit ses lèvres contractées. Son cœur se serra, comme chaque fois qu'elle constatait chez cet homme si froid d'apparence un signe de cette souffrance discernée par elle, dès le premier jour.

« Ah ! cette femme, songea-t-elle avec une involontaire amertume, que lui a-t-elle donc fait ? »

Elle la regardait qui marchait devant eux, entre Elvira et Françoise. Son rire un peu nerveux résonnait dans le silence du jardin ensoleillé ! Pendant la partie de tennis, elle s'était montrée aujourd'hui assez désagréable, lançant des pointes à son mari, faisant à Meryem, sa partenaire, des remarques aigres-douces. Une femme capricieuse. Une femme sans cœur, probablement.

Sur la terrasse, où l'on avait déposé des sièges, Flora s'assit en déclarant qu'elle était très fatiguée.

– Nous n'aurons pas de bridge ce soir, ajouta-t-elle en s'adressant à Meryem.

Le ton était assez cavalier, et l'air maussade de la jeune femme n'était pas fait pour l'atténuer. Aimery fronça les sourcils, entrouvrit les lèvres pour parler, puis se tut.

Françoise dit doucereusement :

– Vous vous êtes trop fatiguée dans cette partie, avec cette chaleur surtout.

– Oui, sans doute... Et puis, tout cela m'ennuie. Je ne jouerai plus au tennis.

Chapitre 5

– Vous ferez évidemment beaucoup mieux, dit sèchement Aimery.

Elle lui lança un regard noir, puis feignit de s'absorber dans la contemplation de ses bagues.

– Venez goûter chez ma mère, dit M. de la Roche-Lausac aux deux jeunes filles. Nous accompagnez-vous, Elvira ?

Peu soucieuse de s'attarder dans cette atmosphère qui sentait l'orage, Meryem prit congé, imitée par Françoise. Aimery s'en alla avec les deux jeunes filles. Il avait, dit-il, une commande de poteries à faire à Laurent, pour sa maison de la Guibière.

Flora les regarda disparaître. Puis elle se tourna vers sa sœur, paresseusement étendue dans un fauteuil.

– Il s'occupe un peu trop de sa cousine, ne trouves-tu pas, Elvira ?

– Heu !... oui, peut-être. Du moins, étant donné son caractère qui n'est pas disposé au flirt.

Elvira tenait ses yeux baissés vers ses mains étendues sur les genoux.

– Elle n'est pas coquette, cependant.

Flora ricana.

– Coquette ou non, elle paraît accepter ses attentions avec plaisir.

– Des attentions, c'est un peu trop dire. Une attirance réciproque, plutôt, une sympathie assez vive. Rien de répréhensible, en somme.

Flora leva les épaules.

– Je m'en moque ! Pourvu qu'il me laisse ma liberté, qu'il me donne l'argent nécessaire à la vie que j'entends mener, il peut bien avoir toutes les « attirances » et toutes les « sympathies » qu'il voudra. Je l'ai aimé, autrefois. Ce temps-là est fini, et bien fini. Maintenant, je le hais et ne souhaite que vivre loin de lui.

– Tu l'as aimé ? dit Elvira.

– As-tu jamais su ce que c'était qu'aimer, ma pauvre amie ?

Flora éclata d'un rire persifleur.

– Oh ! vas-tu m'apprendre ce qu'est l'amour ? Ma pauvre fille, tu m'amuses ! Toi qui as le cœur sec comme un vieux sarment !

– Oui, en effet, c'est très drôle. Moi, parler d'amour... comme si je savais ce que c'est... Très drôle, en vérité. Quoi qu'il en soit, je persiste à dire que tu n'as vraiment pas aimé ton mari, car, dans ce cas, jamais tu n'aurais agi vis-à-vis de lui comme tu l'as fait.

Elvira relevait les yeux, les attachait sur sa sœur. Un léger rictus tordait la bouche, trop grande, d'un rouge vif qui ne devait rien au fard.

Chez le commandant, Aimery attendait dans l'atelier le retour de Laurent, retenu dehors plus longtemps qu'il ne le pensait. Meryem lui montrait les dessins de son frère, discutait avec lui sur les modèles à choisir pour la maison de maître de la Guibière, confortable demeure entourée de prairies et de vergers.

– Je compte y passer la saison d'été l'année prochaine, expliquait-il, nous y serons mieux qu'ici pendant les chaleurs.

– Mais vous vous y trouverez moins au large. Ici, chacun de vous a son appartement. Puis la campagne n'aura peut-être pas beaucoup de charme pour votre mère, votre femme, qui n'y ont jamais vécu.

– Si, ma mère a habité avant son mariage un château en Bretagne, et elle s'y plaisait beaucoup. Quant à Flora, par exemple...

Il eut un rire sourd.

– Quelles scènes en perspective ! Mais je ne les compte plus. C'est là ma vie, Meryem... ma triste vie.

Une telle souffrance vibrait dans cette voix basse, contenue, que Meryem en eut froid au cœur.

D'un geste instinctif, elle posa sa main sur celle qu'Aimery appuyait contre la table de Laurent.

– Oh ! Est-ce possible ?

Une ardente pitié emplissait les beaux yeux bruns.

– J'avais bien dû comprendre. Vous êtes malheureux, Aimery ?

– Très malheureux, oui.

Et cet homme à l'âme fermée, qui ne s'était jamais plaint, même à sa mère, se confia tout à coup, découvrit sa plaie.

– Je l'ai épousée à vingt-deux ans. Elle était extrêmement jolie, de bonne noblesse espagnole. Ce lui fut assez facile de séduire le jeune homme inexpérimenté que j'étais. Puis je crois qu'elle m'aimait à ce moment-là. Mais par la suite, je connus que mon titre et ma fortune avaient eu encore beaucoup plus de poids que l'amour, dans sa détermination de m'avoir pour mari.

Il eut de nouveau ce rire sourd, qui émouvait si profondément

Meryem.

– Il ne me fallut pas très longtemps pour comprendre quelle sorte d'âme était la sienne : cupide, égoïste, avide de jouissances, jamais satisfaite de ce qu'elle possédait. Enfin, un jour, ce fut le pire... et je dus lui imposer cet exil. Elle me hait, naturellement, et elle apprend à sa fille à me détester. Ce qu'elle voudrait, c'est que je divorce et que je lui fasse une rente magnifique. Mais le divorce n'est pas dans mes principes, et quant à lui donner de l'argent, jamais, je sais trop quel usage elle en ferait.

Sa main se crispait contre le bois de la table, et Meryem la sentait brûlante.

– J'ai été patient, Meryem. Je crois n'avoir rien à me reprocher. J'ai fait venir près d'elle sa sœur sans fortune, je ne lui ai jamais refusé, à elle, ce qui était raisonnable selon sa situation. Mais ce sont choses vaines avec des natures de cette sorte. Il faut les traiter d'une main de fer... Et c'est vraiment très dur à la longue !

Il se tut un moment. Meryem, le cœur lourd d'angoisse, sentait des larmes prêtes à jaillir.

Il retira sa main, la passa sur son front.

– Je ne sais pourquoi je vous ai dit tout cela. J'ai eu tort... Oubliez-le, Meryem.

– Oh ! non, je n'oublierai pas ! Je prierai pour vous, je demanderai à Dieu...

Elle s'interrompit. Il vit la soudaine rougeur qui montait à ses joues et sourit douloureusement.

– Vous voulez lui demander ma délivrance ? Mais vous pensez tout à coup que c'est souhaiter la mort de Flora ? Eh bien, moi, parfois, je l'ai fait... Oui, je vous l'avoue, Meryem, j'ai parfois pensé avec un espoir secret qu'un accident, une maladie pourrait me délivrer d'elle.

Il se détourna, prit sur la table une petite coupe vernissée qu'il considéra un moment.

– Je demanderai à votre frère de m'en faire plusieurs... Mais peut-être est-il rentré maintenant et a-t-on oublié de le prévenir ?

– Je vais voir...

Meryem alla vers la porte, l'ouvrit. Un petit couloir reliait l'atelier à la salle à manger. À ce moment, une femme passait le seuil de celle-ci. Meryem eut le temps de reconnaître la robe verte de Françoise.

Quand elle entra dans la salle à manger, Françoise ne s'y trouvait plus. Elle était dans le salon avec Laurent et celui-ci, à l'entrée de sa sœur, s'écria :

– Il paraît qu'Aimery m'attend ?

– Oui. Vous ne le lui aviez pas dit, Françoise ?

– Je ne le savais pas rentré, ma chère amie. C'est maintenant seulement que je le trouve ici.

– Bon, j'y vais, dit Laurent.

Il sortit. Meryem jeta vers Françoise un regard perplexe. Elle s'asseyait près d'une fenêtre et prenait un tricot commencé. Meryem songeait : « Que faisait-elle dans ce couloir qui ne mène qu'à l'atelier ? Écouterait-elle aux portes ? » Son involontaire méfiance à l'égard de cette jeune personne s'accentuait depuis quelque temps ; depuis surtout qu'elle la voyait chercher à s'insinuer dans les bonnes grâces de Flora. Aussi s'abstenait-elle de toute remarque ou critique à l'égard de celle-ci, devant elle. Et elle s'apercevait que Laurent agissait de même.

Chapitre 6

Aimery arpentait les allées de son jardin en fumant une cigarette. Autour de lui, dans les parterres, les rosiers étaient en pleine floraison. Dans le bassin rectangulaire qui s'étendait au milieu d'une pelouse, l'eau reflétait l'ardent soleil de fin juin. Les charmilles offraient leur ombre au promeneur, qui s'y engagea. Il se heurta presque à Elvira et s'excusa courtoisement.

– On n'y voit pas ici, en venant du plein soleil.

– Oui, c'est un peu aveuglant tout d'abord. Je vais faire quelques tours de jardin...

Elle tenait à la main un grand éventail de soie blanche, à demi entrouvert. Ses yeux, dans cette pénombre, paraissaient plus sombres encore.

– Vous ne vous ennuyez pas trop ici, Elvira ?

– Pas du tout. Pourvu que j'aie ma musique... Mes goûts sont assez différents de ceux de Flora, vous le savez.

– Oui, je sais. Le monde vous attire peu...

Il resta un moment silencieux. Elvira avait ouvert un peu plus l'éventail et des arlequins, des colombines apparurent peints sur la soie blanche.

– Il faut que je vous demande ceci, Elvira : ne vous êtes vous pas aperçue qu'elle recommençait à se droguer ?

Elvira parut hésiter un moment avant de répondre :

– Je me demande... Je ne sais... Il me semble parfois...

– À moi aussi. Ses yeux, cette sorte de nervosité... Mais comment pourrait-elle se procurer cela, ici ?

– Ces malheureux intoxiqués ont des ruses incroyables, paraît-il.

– En effet. Aurait-elle trouvé une complicité ? Sa femme de chambre, peut-être, pour de l'argent. Cette Pauline ne me plaît pas.

– Je ne sais ce qu'elle vaut. C'est une bonne domestique, mais, par ailleurs, j'ignore...

L'éventail, complètement déplié, s'agitait maintenant devant le brun visage. Sous les yeux d'Aimery, arlequins et colombines s'ébattaient dans un jardin fleuri.

– Je la ferai surveiller. Vous-même, Elvira, ayez l'œil sur votre sœur. J'ai fait mon possible pour la sauver de cette déchéance. Mais elle trouve le moyen de recommencer ici...

Il eut un geste de découragement.

Elvira dit d'un ton mesuré :

– Je crains que vous ne poursuiviez une chimère en espérant la guérir de ce vice, Aimery. Tôt ou tard, elle y retombera. Et vous userez votre vie dans ce combat contre elle.

Il dit avec une sourde amertume :

– Que puis-je faire d'autre, cependant ?

– Il n'y a qu'une solution, le divorce.

– Vous savez bien que je ne le veux pas !

– Alors, vous porterez ce fardeau pendant combien d'années ?

– Eh bien, je le porterai, tant qu'il faudra ! À ce soir, Elvira. Viendrez-vous chez le commandant ?

– Peut-être. Je dois jouer avec M. Laurent ces nouveaux morceaux que j'ai reçus. Mais je crois que Flora n'ira pas. Elle paraît en ce moment assez mal disposée pour vos cousins, Aimery.

Il leva ses épaules en disant entre ses dents : « Qu'importe ! » et s'éloigna dans l'ombre de la charmille.

Sur la terrasse, devant les salons, Flora était assise et lisait. À la vue de son mari, sa physionomie prit une expression mauvaise.

– J'ai à vous parler, Aimery. Venez.

Elle se leva et entra dans le salon. Aimery la suivit. D'un brusque mouvement, elle se tourna vers lui.

– J'en ai assez, plus qu'assez de cette vie ! Je ne la supporterai pas davantage !

Elle criait presque, les traits tendus, les yeux étrangement brillants.

– Je veux partir d'ici, Aimery !

– Vous n'êtes pas séquestrée. Partez.

– Oui, vous acceptez de me jeter à la rue sans le sou ! Mais c'est autre chose que je veux !

– Il est inutile de recommencer cette discussion, Flora. Je vous ai dit que si vous quittiez mon toit, vous n'auriez rien à attendre de moi. Que ceci soit entendu une fois pour toutes.

– Non, ce n'est pas entendu ! Jamais je ne supporterai de vivre dans cette maison, dans ce pays ! Vous vous y trouvez bien, vous, avec vos goûts stupides d'agriculture. Et puis vous avez cette Meryem...

– Qu'est-ce que vous dites ?

La froideur, l'impassibilité qu'Aimery avait réussi à maintenir jusqu'alors cédaient subitement. Le visage frémissant, il regardait Flora avec un mélange de stupéfaction et de colère.

Elle éclata de rire.

– Eh oui, mon cher, je ne suis pas aveugle ! Elle vous plaît beaucoup, la jeune personne... et vous lui plaisez. Raison de plus pour me donner ma liberté. Vous pourrez ensuite vous aimer tout à votre aise.

– Taisez-vous !

Il s'avançait et saisissait brusquement le poignet de la jeune femme.

– Taisez-vous, folle que vous êtes ! Comment osez-vous accuser ainsi autrui, vous qui avez tant à vous faire pardonner ?

– Vous me faites mal ! cria-t-elle.
Mais il ne la lâcha pas. Il la regardait avec une colère méprisante.
– Vous avez pris de la drogue ?
– Non, je n'ai rien pris !
Elle le bravait, tout le visage tendu sous son fard.
– Et d'ailleurs, quand je voudrais en prendre, ce n'est pas vous qui m'en empêcheriez !
– Qui vous la fournit ?
– Personne.
Elle ricana en répétant :
– Personne. Je n'en ai pas.
Il lâcha son poignet. Une colère difficilement réprimée contractait son visage.
– Vous mentez, je le sais. Quelle misérable femme vous êtes !
– Oui, insultez-moi, maintenant, après m'avoir brutalisée ! Un de ces jours, vous en viendrez à me tuer, peut-être !
– C'est bien tout ce que vous mériteriez ! dit-il, saisi d'exaspération.
Et il sortit brusquement du salon où demeurait Flora, les lèvres crispées, sa main serrant le rubis de l'émir qui luisait doucement sur sa poitrine.
Ce soir-là, chez le commandant, la petite réunion fut sans entrain, M. de la Roche-Lausac semblait d'humeur assez sombre, Françoise eut de nombreuses distractions pendant la partie de bridge, Meryem paraissait préoccupée, un peu abattue. Elvira fit de la musique avec Laurent, mais elle n'y mettait pas toute sa maîtrise habituelle et elle se retira de bonne heure en disant qu'elle souffrait d'un fort mal de tête.
Quand Aimery prit congé à son tour, il dit à ses hôtes :
– À demain, vers quatre heures. Il fera trop chaud pour le tennis, mais j'ai à vous montrer d'intéressantes vieilles gravures que j'ai découvertes dans la bibliothèque. Et le commandant pourra faire un bridge avec ma mère et l'un de nous.
Il serra les mains tendues, mais ne retint pas comme d'habitude un peu plus celle de Meryem et détourna son regard des beaux yeux bruns pleins de douceur triste.

Chapitre 7

Près du grand salon du rez-de-chaussée qui ouvrait sur le jardin se trouvait la bibliothèque. Ses trois fenêtres donnaient sur la rue. Cette vaste pièce était meublée d'armoires en marqueterie, derrière les grillages dorés étaient rangés de nombreux volumes, dont beaucoup fort anciens et certains de grande valeur. Sur une table en acajou et bois de violette, M. de la Roche-Lausac avait disposé les gravures. Ses hôtes passèrent un long moment à les regarder. Puis la duchesse douairière parut et un bridge fut organisé dans le salon voisin. Aimery s'excusa de devoir aller terminer une correspondance pressée. Françoise, qui aimait peu les cartes et jouait fort mal, demeura dans la bibliothèque, occupée à feuilleter un curieux album colorié du XVIIe siècle représentant des scènes de la vie rurale.

Flora n'avait point paru, non plus que dona Elvira dont le grand mal de tête n'avait pas cédé.

À cause la chaleur orageuse, les fenêtres du salon étaient fermées et les volets demi-clos. Meryem, qui ne jouait pas, commençait pour Mme de la Roche-Lausac un point de crochet qu'elle désirait connaître. Elle se sentait le cœur lourd et, en même temps, éprouvait un malaise physique dû probablement à cette atmosphère d'orage.

Elle n'était pas la seule, car la duchesse, pendant un arrêt de la partie, se plaignit, en passant un mouchoir sur ses tempes moites :

– Quel temps accablant !

Le commandant proposa :

– Nous pourrions laisser la partie pour que vous vous reposiez, ma cousine.

– Mais non, mieux vaut s'occuper. D'ailleurs, il sera bientôt l'heure du goûter...

Elle s'interrompit. Le bruit d'une détonation, un peu assourdi, venait de se faire entendre.

– Qu'est-ce ?

– Sans doute le fils Guibert qui tire dans son jardin, dit Laurent. Il extermine tous les oiseaux qui mangent ses fruits. Vous avez déjà dû l'entendre ?

Chapitre 7

– Oui, mais cela me semblait différent.

– On aurait dit que c'était dans la maison, dit Meryem.

Elle prêtait l'oreille, mais le bruit ne se reproduisait pas.

Peu après apparut Aimery, et derrière lui le domestique apportant le goûter. Sur la demande de la duchesse, Meryem le servit. Puis elle ouvrit la porte de la bibliothèque pour appeler Françoise. Celle-ci était toujours assise devant la table, penchée sur l'album. Elle tressaillit, tourna légèrement la tête.

– Venez-vous goûter, Françoise ? Vous oubliez donc l'heure ?

– Oh ! oui, en effet... Ces albums m'intéressent tellement...

Il y avait dans sa voix une sorte de fêlure que perçut l'oreille de Meryem. Celle-ci, quand Françoise se leva, vit que son visage semblait altéré.

– Cette température d'orage paraît vous fatiguer, Françoise ?

– Oh ! beaucoup ! Je n'ai pas faim du tout et j'ai bien envie de rentrer pour m'étendre.

– Venez prendre quelque chose, puis nous partirons tous, probablement, pour ne pas risquer de fatiguer Mme de la Roche-Lausac.

Les deux jeunes filles rentrèrent dans le salon. Aimery parlait avec le commandant et Laurent de ses travaux de la Guibière. Mme de la Roche-Lausac devenait somnolente. Françoise prit un verre de frontignan et un biscuit. Il fallait vraiment que sa fatigue fût grande, car la gourmandise n'était pas le moindre de ses défauts, et elle avait coutume de faire largement honneur aux excellents goûters de l'hôtel Fouge-rolles.

– Eh bien, mes enfants, nous allons nous retirer, dit le commandant. Il est près de six heures, et...

La porte donnant sur le vestibule fut à ce moment violemment ouverte. Une femme parut sur le seuil. Elle portait la tenue de femme de chambre. Son visage était convulsé, ses dents claquaient.

– Monsieur...

Aimery se leva, alla vers elle.

– Quoi ? Qu'y a-t-il, Pauline ?

– Madame est morte... Elle s'est tuée.

– Elle s'est ?... Non, ce n'est pas possible !

– Elle est là-haut... son revolver à côté. J'ai été frapper à la porte de dona Elvira, je lui ai crié d'aller voir Madame. Elle m'a répondu comme une personne qu'on réveille...

La femme de chambre parlait d'une voix saccadée. Sur son visage marqué par la quarantaine, des contractions nerveuses se succédaient. Aimery s'élança vers la bibliothèque. Il y avait là une petite porte où l'on accédait à un étroit escalier faisant communiquer cette pièce avec la chambre de Flora. Alban de Fougerolles, autrefois, avait dû le faire aménager pour sa commodité personnelle. Aimery traversa cette chambre et entra dans le salon voisin.

Elvira se trouvait là, debout, en pyjama, devant la chaise longue où était étendue sa sœur. Sa physionomie était rigide, son teint un peu blême. Elle tourna vers son beau-frère des yeux sans expression.

– Le cœur ne bat plus...

Sa voix était basse et calme.

Aimery regarda sa femme. Elle était renversée en arrière, les yeux grands ouverts, du sang tachait sa robe blanche, à la place du cœur. Son bras droit pendait et sur le tapis gisait un petit revolver à crosse d'argent niellé.

Maîtrisant ses nerfs, Aimery s'approcha, prit le poignet gauche entre ses doigts. Elvira avait dit vrai, le pouls ne battait plus.

– Voulez-vous aller dire à Laurent de prévenir un médecin, le commissaire de police.

– Le commissaire de police ?

– Oui, il le faut, pour un suicide...

Les mots semblaient sortir difficilement des lèvres d'Aimery.

– Elle n'avait jamais fait allusion devant vous à quelque intention de se donner la mort ?

– Si, elle a dit un jour, dans un de ses moments de colère : « J'aimerais mieux la mort que de continuer cette vie-là. » Mais je n'y ai pas attaché d'importance. Elle disait beaucoup de choses...

– Je ne l'aurais pas cru capable... murmura Aimery.

Elle lui jeta un regard aigu et sortit de la pièce.

Dans le salon, la duchesse, le commandant et ses enfants étaient restés figés par la stupéfaction. Françoise, dont les mains tremblaient, avait posé sur la table le verre qu'elle tenait au moment de l'apparition de Pauline. Quand Elvira entra, M. de Grelles s'avança vers elle.

– Est-ce donc vrai, mademoiselle ? Cette chose affreuse...

– Est malheureusement exacte. Ma sœur s'est tirée un coup de revolver et elle est morte.

N'eût été la pâleur de son visage, rien, dans l'accent, dans le regard d'Elvira ne semblait changé. Froide, comme toujours, maîtresse d'elle-même, peut-être, après tout, incapable de souffrir.

– Aimery vous demande, monsieur Laurent, d'aller tout de suite prévenir un médecin et le commissaire de police.

– J'y cours, mademoiselle !

Restée assise, le visage appuyé contre sa main repliée, Françoise avait longuement tressailli.

Mme de la Roche-Lausac se leva péniblement. De grands frissons l'agitaient.

– Je vais rentrer chez moi... Ma pauvre enfant ! Quelle nouvelle, terrible épreuve !

Meryem s'offrit pour l'accompagner à son appartement, et elle accepta, en prenant le bras de la jeune fille. Le commandant déclara :

– Je reste ici, au cas où Aimery aurait besoin de moi. Rentre, Françoise. Tu as une mine toute chavirée, ma pauvre enfant.

Elle se leva en vacillant un peu.

– Oui, je vais m'étendre... Cela m'a donné un coup. À tout à l'heure, parrain.

Elvira avait disparu. Le commandant resta seul et se mit à arpenter le salon, en attendant le retour de son fils.

Chapitre 8

– Suicide, n'est-ce pas, docteur ?

M. Martin, le commissaire de police, adressait cette question au médecin qui venait de se redresser, après avoir examiné le corps de Flora.

– À première vue, oui. Mort instantanée.

Il y avait là, outre le commissaire, le docteur et Aimery, Laurent de Grelles qui était monté à la suite des deux premiers et examinait pensivement le corps inerte de Flora.

M. Martin se tourna vers M. de la Roche-Lausac.

– La défunte avait-elle parfois manifesté le désir d'en finir avec la vie ?

– Pas devant moi. Mais il paraît qu'en un moment de colère elle a dit à sa sœur quelque chose en ce genre.

– De colère contre qui ?

– Contre moi, dit calmement Aimery. Elle m'en voulait parce que je l'obligeais à vivre ici et la privais des plaisirs mondains qu'elle aimait.

– Ah bon ! Je verrai votre belle-sœur tout à l'heure... Que regardez-vous, docteur ?

– La position de cette main. Les doigts sont étendus. Or, en laissant échapper le revolver, ils devaient, me semble-t-il, rester crispés, plus ou moins.

– En effet. Cependant, il n'y a là rien d'absolu. Au lieu d'une crispation, la mourante a pu faire une contraction inverse.

– Voulez-vous me permettre une remarque ? dit Laurent.

Il se tourna vers M. de la Roche-Lausac.

– Vous nous aviez dit que votre femme portait toujours sur elle le rubis de l'émir. Il est de fait que jamais nous ne l'avons vue sans ce joyau.

– Elle ne le quittait pas, sauf la nuit. Mais elle ne l'a pas aujourd'hui.

– Il faudrait savoir si elle le portait cet après-midi.

– Je vais sonner la femme de chambre.

Pauline, en entrant dans la chambre, jeta un regard plein d'effroi vers la forme inanimée. À la question de son maître, elle répondit aussitôt :

– Oui, Madame avait le rubis à son cou lorsqu'elle a changé de robe après le déjeuner pour mettre ce déshabillé, plus léger par cette chaleur.

– Ah ! ah ! cela modifie l'aspect de la question ! dit le commissaire.

Chapitre 8

Puisque vous voilà, madame...
– Mlle Pauline Têtard.
– Eh bien, mademoiselle, il paraît que c'est vous qui avez vu la première fois Mme de la Roche-Lausac en cet état ?
– Oui, monsieur le commissaire. Je suis montée pour ranger dans le cabinet de toilette une robe que je venais de repasser.
– Quelle heure était-il ?
– Je ne sais au juste... Environ six heures moins le quart, je crois.
– Bien, continuez.
– Comme j'avais à demander à Madame des instructions pour le lendemain, je traverse sa chambre, j'entre ici et...
Elle se couvrit le visage de ses deux mains.
– Bien, bien. C'est tout pour le moment. Vous pouvez vous retirer. Veuillez dire à la sœur de votre maîtresse de venir me parler.
– Vous n'avez plus besoin de moi, monsieur Martin ? demanda le médecin.
– Non, merci, docteur.
Laurent continuait de considérer Flora. Dans les yeux de la morte, il y avait à la fois de la surprise et de l'épouvante. Ce n'était pas le regard d'une femme disposée à mourir.
Elvira entra. Elle était vêtue de crêpe de Chine noir et portait un grand col d'organdi blanc qui faisait paraître sa peau plus brune. Son regard calme, indéchiffrable, se posa sur celui du commissaire.
– Vous êtes la sœur de Melle de la Roche-Lausac ?
– Oui, sa sœur cadette, dona Elvira de Gomaès.
– La femme de chambre m'a dit qu'elle avait été vous prévenir aussitôt qu'elle eut découvert le corps en cet état.
– C'est exact. Je dormais, ayant pris un calmant pour le mal de tête qui ne m'avait pas quittée depuis hier. Elle me cria : « Allez vite près de Madame ! » Mal réveillée encore, je sautai à bas de mon lit et vins ici, où je vis...
Elle eut un geste léger vers la chaise longue.
– Presque aussitôt apparut M. de la Roche-Lausac, qui m'envoya demander à M. Laurent de Grelles de vous prévenir.
– Rien ne vous a frappée, alors, en regardant votre sœur ?

– Non, rien.

Pour la première fois, il y eut un léger frémissement de la grande bouche.

– Vous n'avez pas vu qu'il lui manquait quelque chose ?

– Quelque chose ? Quoi donc ?

Une note d'inquiétude se percevait dans l'accent d'Elvira. Du moins, Laurent en jugea ainsi.

– Eh bien, mais, regardez...

Elvira avait jusqu'alors tenu ses yeux détournés de sa sœur. Elle obéit à l'injonction, et le frémissement s'accentua sur ses lèvres.

– Je ne vois pas...

– Vous ne voyez pas qu'il lui manque un objet dont elle ne se séparait jamais ?

– Ah ! le rubis !

– Oui, le rubis qui a disparu.

Cette fois, Laurent vit céder l'impassibilité sur la physionomie d'Elvira. Il y avait à la fois de la stupéfaction et de l'effroi dans le regard qu'elle détournait de sa sœur.

– Le rubis a disparu...

Sa voix avait une intonation d'angoisse.

– L'aviez-vous vu aujourd'hui au cou de Mme de la Roche-Lausac ?

– Je n'ai pas quitté ma chambre depuis hier soir et n'ai donc pas vu ma sœur aujourd'hui.

– Sa femme de chambre affirme qu'elle le portait cet après-midi.

– C'est fort probable, car elle ne le quittait jamais.

– Nous avons donc trois témoignages concordants sur ce point : celui de M. de la Roche-Lausac, celui de Melle de Gomaès, celui de la femme de chambre. Bon. Passons à un autre point. J'ai demandé à M. de la Roche-Lausac si sa femme avait eu des idées de suicide. Il m'a répondu qu'à vous elle avait dit quelque chose à ce sujet...

– Un jour où elle était furieuse, elle m'a dit : « J'aimerais mieux la mort que cette vie-là ! » Voilà tout. Ce sont des phrases qu'on jette volontiers dans des moments d'exaspération. Il n'y faut peut-être pas y attacher trop d'importance.

De nouveau, le calme, la froideur étaient revenus sur le brun visage.

Le commissaire hocha la tête.

– Évidemment, M. de la Roche-Lausac a reconnu qu'il était l'objet de cette colère, par un refus de lui laisser mener l'existence de son choix.

Elvira, de la tête, fit signe que c'était exact.

Le commissaire s'approcha de la chaise longue, sortit un mouchoir de sa poche et, se baissant, en enveloppa le revolver.

– Une jolie chose, dit-il. Un revolver de dame, mais qui fait quand même son vilain office. Il appartenait bien à Mme de la Roche-Lausac ?

– Oui, dit Aimery. C'est moi qui l'ai donné à ma femme dans les premières années de notre mariage, parce qu'elle avait peur des cambrioleurs qui à ce moment opéraient dans notre quartier.

– Je l'emporte...

Il le mit dans sa poche.

– Mais la disparition de ce bijou va nous obliger à une enquête. Il a une grosse valeur ?

– Une très grosse valeur.

– Vous n'avez aucune idée au sujet de cette disparition ?

– Aucune.

– Pas de soupçons sur quelqu'un ?... sur un domestique ?

– Non, je n'ai pas de motifs pour en avoir.

– Vous non plus, mademoiselle ?

– Moi non plus. Toutefois, je dois dire que ma sœur se plaignait depuis quelque temps que certains objets eussent disparu.

– Ah ! Ah ! Quoi donc ?

– Un dé en or, un petit flacon de vermeil, et je ne sais quoi encore. Mais je n'y ai pas attaché une grande importance, car la pauvre Flora manquait d'ordre et bien souvent égarait une chose ou une autre.

– Cela doit néanmoins être retenu pour l'enquête. Je vais téléphoner pour qu'on envoie immédiatement un inspecteur. Car l'affaire change de face. S'il y a eu vol, il est possible que nous nous trouvions en face non d'un suicide, mais d'un assassinat.

– Un assassinat ! répéta Aimery d'une voix sourde. Pour lui voler ce joyau ?

– Évidemment. Si nous ne le retrouvons pas, le doute ne sera guère permis.

– Mais qui donc, alors ?... Qui donc ?

– Espérons que l'enquête nous l'apprendra rapidement. Monsieur de la Roche-Lausac, je vais fermer cette chambre jusqu'à l'arrivée de l'inspecteur.

– Faites, monsieur.

– Par ailleurs, vous pourrez prendre toutes dispositions pour les obsèques, réserve faite au sujet d'une éventuelle autopsie, au cas où elle serait jugée nécessaire.

Tous quittèrent la pièce, dont le commissaire prit la clef. Elvira se retira dans sa chambre, tandis qu'Aimery et Laurent descendaient derrière lui par l'escalier dérobé. Laurent, qui suivait son cousin, se baissa tout à coup pour ramasser un objet au bas de la dernière marche. Il le regarda rapidement et le mit dans sa poche. Un pli profond se formait sur son front.

Dans le salon, son père et lui prirent congé d'Aimery en lui disant qu'ils étaient à sa disposition pour quoi que ce fût. M. de la Roche-Lausac était sombre et soucieux et ne fit aucun commentaire sur ce qui venait de se passer. Mais il serra avec force la main de Laurent en disant : « Merci, mon ami. »

Chez eux, le commandant et son fils trouvèrent dans le salon Meryem qui attendait anxieusement des nouvelles. Laurent raconta ce qui venait de se passer. L'horreur apparut sur la physionomie de Meryem, quand il prononça le mot d'assassinat.

– Mais c'est épouvantable ! s'écria le commandant. On l'aurait tuée pour la voler ?... Et qui donc, Seigneur ?

– Pauvre Aimery ! dit la voix tremblante de Meryem. Jusque dans la mort, cette malheureuse lui donne les pires soucis.

– Alors, un inspecteur viendra demain ? demanda le commandant.

– Oui. Quelle affaire pour Aimery !

– Ce ne peut être que quelqu'un du personnel... ou alors il faudrait admettre qu'un malfaiteur s'est caché dans l'hôtel...

– Il n'aurait pas dans ce cas cherché à camoufler son crime en suicide, en employant le revolver de la victime.

– C'est vrai ! Alors il ne reste que les gens de la maison...

Silencieusement, Françoise venait d'entrer. Elle semblait remise d'aplomb et s'informa de ce qui s'était passé.

– On croit qu'elle a été assassinée, parce que le rubis de l'émir a disparu ! s'écria le commandant.

Un instant, Françoise fut frappée d'épouvante.

– Assassinée !... Oh !

– Le commissaire a appelé un inspecteur, ajouta Laurent.

Elle tourna vers lui des yeux qui chaviraient un peu.

– Un inspecteur ? Pourquoi ?

– Mais pour l'enquête, qui permettra de trouver le coupable.

– Ah ! oui !... Mais c'est impossible !

– Qu'est-ce qui est impossible ?

– Qu'on l'ait tuée pour... pour lui prendre ce rubis.

– Pourquoi donc ? On tue souvent pour moins que cela.

– Oh ! non, non !

Elle eut un long frisson.

– Tuer, c'est autre chose... C'est bien plus grave...

– Il y a des gens qui n'y regardent pas. Ce joyau vaut une fortune.

Louisette vint à ce moment annoncer le dîner. Celui-ci fut assez silencieux. Tous pensaient au drame qui venait de se passer, mais tacitement ils n'en parlaient plus. Laurent remarqua que Françoise se servit du vin plus qu'à l'ordinaire. Il regardait aussi le poignet gauche de la jeune fille, où ne se voyait plus la gourmette en or à laquelle pendait un petit médaillon formant breloque.

Chapitre 9

Il était près de onze heures, le lendemain, quand Aimery s'accorda un peu de repos, à la suite des multiples besognes de la matinée. Il descendit et s'assit sur la terrasse après avoir allumé une cigarette. Presque aussitôt apparut Elvira. Elle était vêtue de noir, comme la veille, mais ne portait plus son col blanc. À part une légère altération des traits, sa physionomie ne témoignait d'aucune émotion.

Aimery se leva et lui baisa la main.

– Êtes-vous mieux ce matin, Elvira ?

– Oui, merci. Mon mal de tête est complètement passé. Mais vous, Aimery...

Elle regardait le visage un peu creusé, la bouche où demeurait un pli soucieux.

– Cette affaire nous tourmente. Elle se complique, en effet. Du moins, il semble. Mais je crois que l'on fait fausse route en pensant à l'assassinat. La pauvre Flora s'est tuée. Le vol a été commis par quelqu'un de la maison après sa mort.

– Quelqu'un ? Et qui donc ?

– Peut-être un domestique. Peut-être Pauline elle-même. Elle a eu le temps, avant de venir nous prévenir.

– Ah ! en effet !... C'est possible.

– Le commissaire a dû y penser, car de la fenêtre de ma chambre j'ai vu qu'un agent surveillait la maison. Probablement, on fera une perquisition et l'on veut s'assurer que personne ne l'a quittée.

– Évidemment, c'est prudent. Mais, en vérité, je ne vois pas... sauf peut-être, comme vous le dites, cette femme...

Un domestique parut à ce moment, annonçant :

– M. le commissaire est là, avec un autre monsieur, et demande à voir M. le duc.

– Introduisez-les dans la bibliothèque, Antoine.

Et M. de la Roche-Lausac, jetant sa cigarette, s'en alla vers la pièce indiquée. Elvira, seule, fit quelques pas sur la terrasse. Au-dessus d'elle, le ciel d'un bleu trop vif se parsemait de nuages. Le vent s'élevait, agitant les plis souples de sa robe, soulevant ses cheveux d'un noir brillant. Elle s'arrêta, prit un étui dans un sac pendu à son bras et en sortit une cigarette, qu'elle alluma. Sa main était un peu nerveuse. Immobile, elle se mit à fumer, les yeux perdus dans une songerie profonde.

Le commissaire présenta à M. de la Roche-Lausac son compagnon : l'inspecteur Simonot. Il ajouta que celui-ci avait lu son rapport et se trouvait au courant de l'affaire, telle qu'elle se présentait pour le moment.

– Nous montons ? dit l'inspecteur. J'aurai ensuite à vous demander divers renseignements, monsieur.

– Soit, je vous attendrai ici, inspecteur, dit Aimery.

L'inspecteur appela deux hommes demeurés dans le vestibule, et qui portaient le matériel nécessaire pour la photographie et la prise des empreintes. Aimery demeura seul et, assis près d'une fenêtre, s'absorba dans ses pensées, les yeux machinalement fixés sur la maison d'en face. Tout à coup, il tressaillit. Meryem rentrait et, en se retournant pour jeter un coup d'œil sur l'hôtel de Fougerolles, elle venait de l'apercevoir. Ils échangèrent un geste amical. Il vit son regard triste, plein de compassion. Quelle âme charmante et bonne ! Quelle droiture en elle ! Ah ! si la malheureuse qui était là-haut avait eu la moitié seulement de ses vertus...

Il appuya son front contre sa main. Oui, Flora avait bien deviné, il aimait Meryem. Elle était pour lui le type même de la femme, de l'épouse. Maintenant, il serait libre...

Non, il ne devait pas y penser en ce moment. Il ne devait pas accueillir cette sensation de délivrance, de joie secrète.

Au-dessus de lui, il entendait aller et venir les policiers. Allaient-ils découvrir l'auteur de ce vol ? Car il était de l'avis d'Elvira : il n'y avait pas eu assassinat, mais suicide.

L'entrée du commissaire et de l'inspecteur interrompit ses réflexions.

– Je vous laisse avec M. Simonot, monsieur, dit le premier. Nous avons maintenant tout examiné là-haut et l'on va venir chercher le corps pour l'autopsie.

M. de la Roche-Lausac désigna un siège à l'inspecteur, qui s'assit lourdement. C'était un gros homme de mine assez avenante, et qui semblait intelligent.

– Voulez-vous me préciser, monsieur, dans quelles circonstances fut découvert ce... mettons cet accident. Où étiez-vous à ce moment-là ?

– Dans mon appartement particulier, situé dans l'autre partie de la maison. J'étais allé terminer une correspondance pressée, laissant dans ce salon, à côté, ma mère et mes cousins occupés à une partie de bridge.

– Vous avez entendu la détonation ?

– Non, j'étais trop éloigné, mais ma mère et mes cousins l'ont entendue. Ils ont cru que c'était un voisin qui tirait, paraît-il. Aussi ne m'ont-ils pas mentionné le fait quand, un peu après, je suis venu les rejoindre.

– Bon. Qui sont ces cousins ?

– Le commandant de Grelles, son fils Laurent et sa fille Meryem. Ils habitent en face... Ah ! j'oubliais, il y avait aussi la filleule du commandant, Mlle Gibault, qui était demeurée dans cette pièce-ci.

– Quelle heure était-il quand fut entendue cette détonation ?

– Je ne m'en suis pas informé. Quand je suis descendu de mon appartement, j'ai regardé l'heure. Ma montre marquait cinq heures vingt. Ce fut environ une demi-heure après que Pauline, la femme de chambre, entra et nous apprit... Je suis monté aussitôt. Ma belle-sœur, prévenue auparavant par Pauline, se trouvait déjà dans le salon. Nous avons vu immédiatement qu'il n'y avait plus rien à faire.

– Et vous avez conclu au suicide ?

– Qu'aurions-nous pu penser d'autre ? Son revolver était près d'elle...

– Vous n'aviez pas remarqué alors que le rubis n'était plus à son cou ?

– Non. Ce fut plus tard que mon cousin Laurent de Grelles s'en aperçut.

– Vous n'avez aucune idée sur l'auteur de ce vol ?

– Aucune.

L'inspecteur, médita un moment, en passant la main sur son menton rasé de près. Puis il demanda :

– Y avait-il des motifs pour supposer que Mme de la Roche-Lausac songeât à se tuer ?

– Seulement celui-ci : elle voulait que nous divorcions, que je lui donne des revenus en rapport avec ses exigences, qui étaient grandes, et elle se heurtait à ma résolution bien arrêtée de n'en rien faire. Alors, peut-être, dans un moment de plus grande exaspération...

– Croyez-vous qu'elle fût capable de se donner la mort, même dans ce cas ?

Chapitre 9

– À vous le dire franchement, inspecteur, cela m'étonne. J'y ai beaucoup réfléchi depuis hier. Je pense connaître assez bien cette nature et je savais qu'elle tenait fort à la vie. Cependant...

Ici, Aimery hésita et sa physionomie s'assombrit.

– Il est une chose que je dois vous apprendre, quoiqu'il m'en coûte de dévoiler cette plaie. La malheureuse s'adonnait depuis quelque temps à la drogue. C'est même en grande partie pour cela, en même temps que pour l'éloigner de fréquentations indignes, que je suis venu ici en l'obligeant à m'y suivre. Or, en se donnant la mort, elle a pu agir sous l'influence de cet infâme poison.

– Possible. La chose est à retenir... du moins si la thèse du suicide... Mais je crains que nous devions nous aiguiller sur une autre voie.

– Laquelle ?

– J'ai fait quelques petites constatations. Tout d'abord, ce revolver, tel qu'il est tombé sur le tapis, n'a pu glisser de la main de la défunte. Quelqu'un l'a posé là, à la hâte peut-être. De plus, on n'a pas trouvé d'empreintes sur cette arme.

– D'où vous concluez ?

– Que ce n'est pas Mme de la Roche-Lausac qui a tiré. L'assassin avait des gants ou bien il avait essuyé le revolver, et il comptait sans doute le mettre entre les doigts de la victime pour qu'on y trouvât leur empreinte. Peut-être a-t-il été dérangé par quelque bruit. Alors il l'a posé rapidement sur le tapis, non loin de la main pendante, et il s'est enfui.

Le menton appuyé contre ses doigts, Aimery écoutait le policier avec une attention qui menait une ride sur son front.

– Si ces faits sont exacts – et je n'ai pas de raison pour les mettre en doute – l'hypothèse du meurtre doit, en effet, être envisagé.

Sa voix nette, calme, parut faire impression sur Simonot. Celui-ci réfléchit un instant, puis demanda :

– D'après ce que vous venez de me dire, Mme de la Roche-Lausac et vous formiez un ménage désuni ?

– Tout ce qu'il y a de plus désuni.

– Vous avez un enfant ?

– Une fille.

L'inspecteur se tut un moment, avant de demander :

– Ce rubis qui a disparu appartenait-il en propre à la défunte ?

– Non, il était ma propriété. C'est un bijou de famille, d'une valeur très considérable.

– M. Martin m'a dit que vous ne suspectiez aucun de vos domestiques ?

– En thèse générale, non. Mais sauf Martial, mon valet de chambre, dont je me porte garant, je connais peu les autres. Ils avaient de bons certificats et jusqu'ici je n'ai rien eu à leur reprocher.

– Bon, je les verrai tous, plus tard. Je vous remercie, monsieur. Pour le moment, je n'ai plus rien à vous demander. Voulez-vous faire dire à votre belle-sœur que je désire lui parler ?

– Je vais vous l'envoyer, inspecteur.

Chapitre 10

Assise en face de l'inspecteur, Elvira le considérait de ce regard inexpressif qu'elle avait souvent. Habitué à voir les gens interrogés par lui plus ou moins émus, plus ou moins nerveux, Simonot s'étonnait de ce calme, de cette sorte d'indifférence.

– Vous avez été la première, mademoiselle, après la femme de chambre, à voir votre sœur morte ?

– Oui, inspecteur.

– Aviez-vous entendu la détonation ?

– Non, je dormais profondément sous l'influence d'un calmant que j'avais pris pour un violent mal de tête. Réveillée par la femme de chambre, à moitié endormie encore, j'entrai chez ma sœur...

Sa voix était tranquille, unie.

– Avez-vous été surprise de voir qu'elle s'était tuée ?

– Pas trop. L'existence qu'elle menait ici, tellement contraire à ses goûts, la rendait à moitié folle parfois.

– Il paraît qu'elle vous a dit un jour qu'elle aimerait mieux mourir que de continuer cette vie-là ?

– Oui. J'ai tenu cela pour un propos en l'air, comme en peut lancer une femme en colère. Je me demande cependant...

Elle s'interrompit, la mine perplexe.

Chapitre 10

– Vous aimiez beaucoup votre sœur ?

La question parut la surprendre. Elle réfléchit un moment, avant de répondre tranquillement :

– Je n'ai pas beaucoup d'aptitudes pour l'affection. Flora avait d'ailleurs une nature qui ne l'appelait guère. Mais nous nous entendions bien, si c'est cela que vous vouliez savoir, inspecteur.

Il eut un petit sourire qui plissa un instant sa grosse bouche.

– Entente de raison, et non de cœur. Je vois... Dites-moi, mademoiselle, saviez-vous que votre sœur se droguait ?

Elle inclina affirmativement la tête. Ses cils battaient un peu plus vite sur les yeux noirs.

– Quand vous en êtes-vous aperçue ?

– Il y a environ dix-huit mois, à Paris. À peu près vers ce même moment, mon beau-frère m'en a parlé. Nous avons fait ce que nous pouvions pour la détourner de cette habitude, puis, voyant que tout était inutile, M. de la Roche-Lausac s'est décidé à venir vivre ici. Mais il n'aurait pu l'y garder longtemps.

– Elle se serait enfuie, croyez-vous ?

– Non, car elle était sans fortune et tenait tout de son mari.

– Elle avait ce fameux rubis, et sans doute d'autres bijoux ?

– Mon beau-frère lui avait enlevé ceux qui présentaient une réelle valeur. Quant au rubis, elle savait qu'une pierre de cette importance ne peut se vendre facilement sans risquer d'être découvert.

– Alors, que pouvait-elle faire ?

– Rien, et c'est bien cela qui la mettait dans une exaspération confinant parfois à la folie.

Elvira fit une pause, et ajouta, la voix tout à coup un peu rauque :

– Je me suis demandé parfois si elle ne se porterait pas à quelque extrémité sur son mari.

– Oh ! oh ! à ce point ? Heureusement pour M. de la Roche-Lausac, elle a préféré agir sur elle-même... En résumé, de graves dissentiments dans ce ménage ?

– Très graves.

– M. de la Roche-Lausac en souffrait beaucoup ?

– Je le crois.

La voix était de nouveau égale et calme.

– Il ne vous faisait pas de confidences ?

– Des confidences, non. Je crois qu'il n'en faisait à personne, car c'est une nature très fermée. Toutefois, un mot, une phrase, parfois, une expression de physionomie...

– Avait-il des reproches à lui faire au sujet de sa conduite ?

– Oui, cela aussi...

– Vous êtes-vous aperçue qu'elle prenait encore de la drogue ici ?

– Oui, depuis quelque temps, il me semblait... et à son mari aussi.

– Comment pouvait-elle se la procurer ?

– Ah ! je l'ignore !

– Par l'intermédiaire d'un domestique, peut-être ?

– C'est possible...

– Il risquait gros, cependant... Toutefois, il ne faut pas écarter l'hypothèse. Elle pourrait nous mener sur la trace de l'assassin, voleur du rubis.

Une lueur passa dans les yeux d'Elvira.

– L'assassin ? Vous écartez donc l'idée du suicide ?

– Oui, car Mme de la Roche-Lausac a bien été assassinée.

Et l'inspecteur lui fit part des constatations qui l'amenaient à cette conclusion.

Elvira l'écoutait avec attention. Un léger pli se formait sur son front.

– En effet, c'est assez logique. Le voleur tire et s'empare du bijou. Mais il ne songe pas, ou n'a pas le temps de procéder correctement à la mise en scène du suicide... Oui, inspecteur, je crois que vous êtes sur la bonne voie.

– Où Mme de la Roche-Lausac rangeait-elle son revolver ?

– Je ne l'ai jamais su.

– C'est cependant une chose que je voudrais bien connaître. Il est peu probable qu'un des domestiques – sauf peut-être la femme de chambre – ait eu l'occasion de voir où elle l'enfermait.

– Peu probable, mais non impossible.

– Évidemment... Eh bien, mademoiselle, je vous rends votre liberté. Vous serez aimable de m'envoyer cette femme de chambre.

Chapitre 10

L'émotion de Pauline était extrême quand elle entra dans la bibliothèque. Mais Simonot possédait l'art de mettre les gens à l'aise, quand il le jugeait utile. Il la fit asseoir et dit, avec aménité, en appuyant la main sur le rapport posé devant lui :

– Je vois là que vous vous appelez Mlle Pauline Têtard ?

– Oui, monsieur l'inspecteur.

– Depuis combien de temps êtes-vous au service de la duchesse de la Roche-Lausac ?

– Depuis deux ans.

– C'est vous qui l'avez vue morte la première ?

– Oui, en venant lui demander des ordres...

Elle frissonna.

– Aviez-vous entendu une détonation ?

– Rien du tout. La lingerie est éloignée de cette partie de la maison.

– Où Mme de la Roche-Lausac rangeait-elle son revolver ?

– Dans l'armoire de sa chambre pendant la journée. La nuit, elle le mettait dans le tiroir de sa table de chevet. C'était une habitude qui datait des premiers temps de son mariage, m'expliqua-t-elle un jour, parce qu'elle avait eu alors une très grande peur des cambrioleurs.

– Ne l'enfermait-elle pas à clef ?

– Non, pas depuis que j'étais à son service, en tout cas.

– Vous avez aussitôt pensé, en la voyant, qu'elle s'était tuée ?

Pauline parut stupéfaite de la question.

– Mais bien sûr ! Qu'est-ce que j'aurais pu penser d'autre ? Avec ce revolver tombé près d'elle...

– Ce n'est pas une raison. J'ai la preuve que Mme de la Roche-Lausac ne s'est pas suicidée, mais qu'on l'a assassinée.

Pauline eut un cri d'épouvante.

– Oh ! Assassinée ! Oh !

Elle semblait près de se trouver mal. L'inspecteur se leva, lui tapa sur l'épaule.

– Allons, allons, remettez-vous. Cela fait de l'effet, évidemment...

– Oh ! monsieur, c'est terrible ! Mais qui donc ?...

Sans répondre, l'inspecteur reprit son siège. Il resta un moment silencieux, considérant le visage altéré de la femme de chambre.

– Vous n'aviez pas remarqué que le rubis ne se trouvait plus au cou de votre maîtresse morte ?

– Non, monsieur l'inspecteur. Je n'ai eu le temps de rien voir, sauf...

Elle joignit ses mains qui tremblaient.

– Mme de la Roche-Lausac était-elle de caractère difficile ?

– Par moments, oui. Capricieuse, emportée. Généreuse parfois, du moins au temps où M. le duc ne la tenait pas de court.

– Le mari et la femme ne s'entendaient guère, hein ?

Pauline leva les mains au plafond.

– Ah ! non ! Madame en faisait des scènes !

– Pourquoi ?

– J'ai compris qu'elle voulait divorcer et que lui ne voulait pas.

– Alors il était malheureux ?

– Probablement. Mais ce n'est pas un homme à laisser voir ce qu'il pense.

– Oui, il paraît très froid, très maître de lui.

– C'est ça, monsieur. Je ne crois pas qu'il devait se laisser aller à la colère... Ah ! si, pourtant, un jour...

Pauline s'interrompit, hésitante.

Simonot lui dit d'un ton engageant :

– Racontez-moi ce qui se passa ce jour-là. Il y a longtemps ?

– Avant-hier. Par hasard, j'ai entendu... Madame faisait encore une scène pour que Monsieur la laisse partir, et voilà qu'elle l'accuse d'avoir un sentiment pour sa cousine, Mlle Meryem de Grelles. Alors Monsieur s'est mis en colère, cette fois. Il lui a dit qu'elle recommençait à se droguer. Elle a crié qu'il lui faisait mal, qu'il la brutalisait. Et elle a dit : « Un de ces jours vous en viendrez à me tuer, peut-être. » « C'est bien tout ce que vous mériteriez ! » a répondu Monsieur qui était furieux au dernier point, on le sentait au son de sa voix.

– Ah ! hum ! murmura l'inspecteur.

Il caressa son menton d'une main distraite, en paraissant considérer avec intérêt une statue posée sur un socle de marbre, entre deux bibliothèques.

– Pour en revenir à ce rubis...

Chapitre 10

Il regardait soudainement la femme de chambre, mais la physionomie de celle-ci ne témoigna d'aucune émotion.

– Je pense que l'assassin n'y gagnera guère, car un joyau de cette sorte n'est pas facile à vendre et risquerait de faire découvrir le voleur.

– Ah ! c'est bien possible ! Mais qui a bien pu faire un coup pareil ? C'est effrayant de penser qu'il y a peut-être quelqu'un ici...

Elle frissonna.

– Connaissez-vous bien vos camarades ?

– À peu près, monsieur. Je ne vois personne capable de cela.

– Bien. Vous pouvez vous retirer, mademoiselle Têtard. Veuillez m'envoyer les autres domestiques.

Une demi-heure plus tard, son enquête parmi les gens de la maison terminée, l'inspecteur écrivait ces mots sur un petit carnet :

« Duc de la Roche-Lausac. Grande maîtrise sur lui-même, froideur, beaucoup d'énergie et de volonté. Devait détester sa femme qui lui faisait une vie difficile. D'après la femme de chambre, aimerait sa cousine. Avait des motifs pour tuer. Homme très religieux, ayant refusé le divorce, semblerait cependant devoir reculer devant le crime. Personne ne l'a vu pendant l'espace de temps où celui-ci a été commis.

« Dona Elvira Gomaès. Difficile à définir. Intelligente, paraît peu sensible. La mort de sa sœur la laisse visiblement assez indifférente. Reconnaît qu'il n'existait pas d'affection entre elles, mais seulement une bonne entente. Aurait eu toutes facilités pour commettre le crime. Cependant, on ne voit pas le motif.

« Pauline Têtard. Peut être suspectée comme voleuse du rubis. Pourtant n'a montré aucune réaction particulière quand j'en ai parlé. Savait où était le revolver. Facilité pour elle de tuer, mais ne paraît pas avoir le cran nécessaire. Aurait eu des occasions de soustraire le joyau sans risquer un coup pareil.

« Les autres domestiques. Ne savent rien. Occupés dans la cuisine, l'office ou les communs, n'ont pas entendu la détonation. Le valet de chambre de M. de la Roche-Lausac a confirmé discrètement la mésentente profonde entre son maître et la défunte. Porte aux nues la valeur morale du premier. Antoine, le valet de pied, a entendu des scènes faites par la duchesse à son mari. Raconte un scandale qui a eu lieu cet hiver, à Cannes, et à la suite duquel M. de la Roche-Lausac a décidé de venir vivre à Montaulieu.

« Ces gens paraissent avoir tous des alibis. Le valet de chambre prenait sa collation dans l'office en causant avec la cuisinière. Le valet de pied était occupé à servir le goûter des maîtres. La femme de chambre de la duchesse douairière était sortie pour faire des courses. De même la gouvernante anglaise, en promenade avec l'enfant. Le chauffeur travaillait dans son garage avec un jeune garçon du pays qui l'aide parfois.

« Seule, Pauline Têtard ne peut présenter d'alibi. Elle repassait une robe de sa maîtresse dans la lingerie, dit-elle. Mais personne ne l'a vue à ce moment-là. Elle a donc pu gagner l'appartement de la duchesse sans qu'on l'aperçoive.

« En résumé, deux suspects : le duc de la Roche-Lausac a eu la facilité de se rendre chez sa femme sans que personne le voie.

« Il a pu tuer pour se délivrer d'un fardeau insupportable, et essayer ensuite de camoufler le crime en suicide. Même facilité pour la femme de chambre. Elle savait où se trouvait le revolver. Le vol serait, pour elle, le mobile du crime.

« Mais ce vol, qu'en faisons-nous dans l'hypothèse que le mari serait le meurtrier ?

« Vol simulé, peut-être, pour mettre sur une fausse piste ?... »

Chapitre 11

Le commandant, sa fille et Françoise se trouvaient dans le salon, prenant le café après le déjeuner, quand Laurent entra. Il venait d'aller voir un instant M. de la Roche-Lausac. Laconiquement il déclara :

– Rien de nouveau. L'inspecteur a interrogé tout le monde. Aimery ignore s'il se trouve sur une piste. En tout cas, on va perquisitionner cet après-midi dans l'hôtel.

Le commandant hocha la tête.

– J'imagine que le voleur a dû prendre ses précautions.

– Les malfaiteurs ont parfois des maladresses qui viennent en aide à la police. Espérons que cette affaire sera vite éclaircie, car c'est un cauchemar pour Aimery.

Laurent s'était assis près de son père, et Meryem lui apporta une tasse de café. Il la considéra un moment et fit observer :

– Tu n'as pas dormi, on le voit. Tout cela te trotte par la tête, hein ! petite sœur ?

– C'est tellement imprévu, tellement affreux ! Et puis, ne pas savoir !... Se dire que l'assassin est peut-être là encore...

– Je ne sais pas trop, en effet, comment quelqu'un du dehors aurait pu s'introduire en plein jour dans cette maison bien close, dit le commandant.

– Mais ce quelqu'un y était peut-être déjà caché auparavant.

Cette suggestion était faite par Françoise qui jusqu'alors avait écouté sans mot dire.

– Après tout, ce n'est pas impossible. Il y est peut-être encore. Si cette perquisition pouvait le faire découvrir !

Laurent tournait lentement la cuiller dans sa tasse. Il semblait soucieux et Meryem pensa : « Quelque chose le tracasse. »

Françoise acheva de boire son café, puis se leva.

– Je vais peindre un peu. Hier, je n'ai pu rien faire. Ce déplorable événement nous a tous plus ou moins désorientés, je crois.

– C'est ma foi vrai, dit le commandant. Je ne sais plus trop où j'en suis !

– N'avez-vous pas perdu quelque chose, Françoise ?

Elle regarda Laurent avec surprise.

– Perdu quelque chose ?... Non... Je... Non.

Une soudaine inquiétude paraissait dans son regard.

– Vous êtes sûre ? Pourtant vous ne portez plus votre bracelet...

– Ah ! mon bracelet... Ah ! oui, j'ai égaré le petit médaillon. L'auriez-vous trouvé ?

Une anxiété perçait sous le calme apparent de la voix.

– Précisément. Tenez, le voici.

Et Laurent rendit à la jeune fille la petite breloque qu'il venait de prendre dans sa poche.

– Ah ! merci ! je vais la remettre tout de suite après la gourmette.

– Vous ne me demandez pas où je l'ai trouvé ?

– Ah ! cela n'a pas d'importance ! Du moment que je l'aie...

Elle fit un hâtif mouvement pour se diriger vers la porte. Mais Laurent dit froidement :

– C'est cependant assez curieux. Ce médaillon au bas de l'escalier dérobé qui mène de la bibliothèque à la chambre de Flora.

– Au bas de ?... Ah ! c'est, en effet, curieux, par exemple !

Une altération passait dans sa voix.

Le commandant se redressa sur son fauteuil.

– Au bas de l'escalier dérobé ? Comment pouvait-il être là, Françoise ?

– Eh bien, je... Voilà comme je l'explique : quand j'ai entendu cette détonation, je me suis levée, j'ai été instinctivement vers la porte de l'escalier, parce qu'il me semblait que c'était dans cette direction. Je l'ai ouverte, j'ai fait quelques pas en écoutant... C'est alors que le médaillon a dû se détacher. Il y avait déjà quelque temps que je voulais le faire arranger parce que j'avais manqué plusieurs fois de le perdre.

L'accent de Françoise prenait plus d'assurance, à mesure qu'elle avançait dans son explication.

– ... Je vous l'avais déjà dit, Meryem.

– C'est exact.

– Ah ! bon.

La physionomie du commandant témoignait d'un vif soulagement.

– ... Eh bien, va, mon enfant, et n'oublie pas de faire faire cette petite réparation, si tu ne veux pas risquer de perdre définitivement ton médaillon.

– J'irai dès demain, parrain !

Quand Françoise fut sortie, un assez long silence pesa dans le salon. Meryem dit enfin :

– C'est singulier qu'elle ne nous ait pas fait mention de cette perte. Elle aurait dû nous avertir pour que nous le cherchions ici.

– C'est qu'elle se doutait de l'endroit où elle l'avait perdu, dit nettement Laurent.

Le commandant eut un haut-le-corps.

– Quoi ? Que signifie ?...

– Mais oui, mon père. Pour une raison quelconque. Peut-être celle qu'elle nous donne, elle est allée dans cet escalier au moment du meurtre. Ne sachant pas où était tombé le médaillon, elle a préféré se taire dans la crainte d'être suspectée, si on le trouvait en cet endroit. En fait, elle l'aurait été quand même, car l'inspecteur ou quelqu'un d'autre aurait fini par le découvrir et se serait informé de sa provenance. Or, dona Elvira l'a certainement vu au bras de Françoise, ainsi qu'Aimery, et peut-être aussi Antoine et la femme de chambre.

– C'est probable, dit Meryem.

Elle remarqua à ce moment la physionomie tourmentée de son père.

– Qu'avez-vous, papa ?

– Mais rien, ma fille... ou peu de chose. Cette histoire de médaillon m'avait donné quelque inquiétude sur le moment. Cela aurait pu amener des ennuis à Françoise.

– Cela lui en amènerait sûrement si je révélais le fait à l'inspecteur, dit Laurent, et surtout si je lui apprenais qu'elle a enlevé son bracelet pour que nous ne nous apercevions pas de la perte du médaillon. Il y a là des cachotteries qui me déplaisent, étant donné que si la chose s'est passée comme elle le raconte, elle n'avait pas à craindre que nous en disions mot.

– Mais, Laurent, que crois-tu ?

Il y avait une note d'angoisse dans la voix du commandant.

– ... Tu ne vas tout de même pas t'imaginer qu'elle a tué Mme de la Roche-Lausac ?

– Oh ! non, quant à cela ! Françoise, telle que je crois la connaître, n'est pas une personne à risquer une pareille chose, même pour s'emparer du rubis de l'émir.

– Mais alors, quoi ?... Qu'est-ce que tu veux dire ? Qu'est-ce que tu penses ?

– Je ne veux rien penser pour le moment, mon père. Je trouve seulement qu'il y a quelque chose d'un peu louche dans la manière d'agir de Françoise. Hé ! Meryem ?

– Je le trouve aussi. Elle semblait avoir des craintes... Mais, cher papa, ne prenez pas cela tant à cœur !

Meryem se levait, allait à son père et posait tendrement sa main sur son épaule.

– ... Il n'y a probablement là que quelque sottise de Françoise, qui s'est imaginé que si on trouvait ce médaillon elle serait accusée de meurtre et a cru plus intelligent de garder le silence, même à notre égard.

– Oui, sans doute, ma petite fille... mais quand même, cela me tourmente, parce que... enfin, j'ai des raisons...

La sonnerie électrique de la porte d'entrée se fit entendre à ce moment. Louisette apparut un instant après, tenant une carte qu'elle présenta à son maître.

– Ce monsieur demande à voir ces messieurs et ces demoiselles.

Le commandant jeta un coup d'œil sur la carte et dit :

– Faites entrer ici, Louisette.

S'adressant à ses enfants, il ajouta :

– C'est l'inspecteur Simonot.

– Que nous veut-il ? murmura Meryem.

L'inspecteur entra, la mine affable. Il s'excusa aussitôt :

– Je regrette de vous déranger. Mais vous étiez présents au moment du meurtre et je dois, par pure formalité, vous interroger.

– Tout à votre disposition, inspecteur, dit M. de Grelles en lui désignant un siège.

Simonot s'assit, en embrassant d'un rapide coup d'œil les visages qui l'entouraient.

– Vous étiez tous trois dans le salon avec Mme de la Roche-Lausac mère ?... On m'avait parlé d'une quatrième personne...

– Mlle Gibault, ma filleule. Elle était demeurée dans la bibliothèque.

– Bien. Je la verrai tout à l'heure. Ainsi donc, vous faisiez une partie de bridge quand vous avez entendu cette détonation ?

– Oui, dit Laurent, une détonation assez sourde. Nous l'avions attribuée à un voisin tirant sur les oiseaux. Cependant ma sœur, qui ne jouait pas à ce moment-là, a eu vaguement l'impression qu'elle s'était produite à l'intérieur.

– Quelle heure était-il alors ?

– Je ne puis vous le dire qu'à peu près. Dans les environs de la demie, me semble-t-il. Plutôt avant.

– Quand M. de la Roche-Lausac vous a-t-il rejoint ?

– Un quart d'heure plus tard, je crois. Tout cela n'est que de l'à-peu-près, je le répète. Au moment où la femme de chambre est apparue, mon père venait de regarder sa montre et de dire : « Il est près de six heures. »

– Cinq heures cinquante, autant que je puis me rappeler, ajouta le commandant.

– Quand M. de la Roche-Lausac entra, après avoir été faire sa correspondance, il n'avait pas l'air... ému ?

Laurent leva les sourcils.

– Ému ? Pas du tout.

– Il vous a paru tout à fait comme à l'ordinaire ?

Meryem tressaillit un peu. Le visage tendu, les yeux brillants, elle regardait l'inspecteur. Celui-ci, croisant les doigts, semblait se recueillir.

– Il vous a dit, quand il vous a quittés avant la partie de bridge, qu'il allait terminer une correspondance pressée ?

– En effet.

– Or, il n'a rien écrit. Son valet de chambre n'a pas mis de lettre à la poste et on n'en a pas trouvé dans son cabinet de travail en perquisitionnant tout à l'heure. Il m'a dit qu'il n'avait pu l'écrire parce que, après avoir vainement cherché les documents nécessaires pour une réponse, il s'est rappelé qu'ils devaient se trouver chez son notaire et qu'il fallait donc attendre au lendemain.

Meryem sentit un froid soudain au cœur.

– ... Il ne vous a rien dit, commandant ?

– Non... il me semble, n'est-ce pas, Laurent ?

– Si, il a dit en entrant : Ce n'était pas la peine que je me prive de votre compagnie. À cause des oublis de Me Berger je n'ai rien pu terminer.

– Ah ! bien. Mais en réalité, personne n'a vu M. de la Roche-Lausac pendant ce temps-là et n'a pu savoir ce qu'il faisait.

Meryem se redressa, en s'écriant avec indignation :

– Voulez-vous insinuer que c'est lui qui aurait... commis cette affreuse chose ?

L'inspecteur lui jeta un regard intéressé.

– Je n'insinue rien, mademoiselle. Je constate les faits, sans en tirer pour le moment des déductions... désagréables. Il est en tout cas reconnu, par tous les témoins entendus, que le mari et la femme se détestaient.

– Est-ce une raison pour le soupçonner ? dit ardemment Meryem. Il supportait son malheur avec le plus noble courage et je suis bien certaine que jamais une pensée de meurtre ne lui est venue !

– Ah ! mademoiselle, ce sont des choses qu'il est impossible de certifier. La conscience humaine est un abîme d'où peuvent sortir d'assez vilains monstres. Mais, je le répète, pour le moment, je n'accuse pas, je me renseigne, simplement.

– Pensez-vous aussi que c'est lui qui a volé le rubis ? demanda ironiquement Meryem.

– Le rubis, c'est autre chose. Le meurtrier a pu l'enlever pour faire croire au vol comme mobile. Mais il a pu être soustrait par une autre personne.

– La femme de chambre ? dit le commandant.

– La femme de chambre, peut-être. Maintenant, commandant, je désirerais voir cette jeune personne... Mlle Gibault ? Puis, je vous débarrasserai de ma présence.

– Voulez-vous passer dans mon bureau ? Je vais la faire prévenir.

– Je monte, dit Laurent.

Chapitre 12

Françoise était assise près de sa fenêtre, inactive, quand il entra après avoir frappé. Elle tourna vers lui un visage dont elle n'avait pu bannir instantanément le tourment.

– Ah ! je croyais que vous étiez remontée pour peindre ? dit-il avec un soupçon d'ironie.

– Non, je n'étais décidément pas en train... qu'y a-t-il, Laurent ?

– L'inspecteur Simonot demande à vous voir.

– L'inspec...

Chapitre 12

Il la vit blêmir.

– Oui, il nous a interrogés, père, Meryem et moi, au sujet de ce que nous avions pu voir ou entendre au moment du meurtre. C'est votre tour. Il vous attend dans le bureau de père.

Elle se leva, un peu chancelante. Ses mains tremblaient. Laurent demanda :

– Pourquoi cette émotion ? C'est une simple formalité, comme il nous l'a dit. Évidemment, si vous lui racontez l'histoire du médaillon, cela l'intéressera... fâcheusement pour vous.

Elle leva sur lui des yeux anxieux.

– Vous ne lui avez pas dit ?

– Non. Mais je vous avertis, Françoise, que je puis être obligé de le faire.

Il la regardait bien en face. Elle soutint ce regard par un effort de volonté qui fit gonfler les veines de son front.

– Je ne comprends pas ce que vous voulez dire.

– Je souhaite que ce soit vrai, Françoise. Maintenant, venez.

Elle semblait s'être complètement reprise quand elle entra dans le bureau où l'attendait l'inspecteur. Lorsqu'elle fut assise devant lui, Simonot demanda avec aménité.

– Vous êtes, m'a-t-on dit, la filleule du commandant de Grelles ?

– Oui, inspecteur, sa filleule et son ex-pupille.

– Vous vous trouviez aussi en relation avec vos nouveaux voisins ? Vous voyiez assez souvent la jeune duchesse ?

– Presque tous les jours. Elle s'était prise d'amitié pour moi et me demandait des leçons de peinture pour se distraire un peu, la pauvre femme.

– Vous la plaigniez ?

– Certes, car vivre dans ce trou de Montaulieu, quand on a mené l'existence qui était la sienne !

– Il paraît que son mari avait des motifs pour l'y obliger.

– C'est possible, mais elle n'en était pas moins malheureuse. Pourquoi lui refusait-il le divorce ? Tant pis pour lui !

Très à l'aise maintenant, Françoise se laissait aller à son naturel.

– Il semblerait, en effet, que lui aussi eût dû avoir le désir d'être libre, pour épouser une autre femme, par exemple.

– Ah ! oui !

Françoise eut un petit rire mauvais.

– Meryem de Grelles, à qui il fait ses confidences.

– Ah ! il lui a fait des confidences ?

– Oui, je l'ai entendu un jour, par hasard. Il se plaignait de sa femme... et il a avoué à Meryem qu'il avait parfois souhaité la mort de cette pauvre Flora.

– Ah !... Hum ! Alors vous supposez qu'il aime cette jeune personne ?

– J'en suis persuadée.

L'inspecteur parut méditer un moment.

Puis il demanda :

– Au moment du meurtre, vous étiez dans la bibliothèque ? Avez-vous entendu la détonation ?

– Oui.

Françoise perdait tout à coup un peu de son aisance.

– Vous vous êtes rendu compte que c'était dans cette partie de la maison ?

– Pas très bien. J'étais absorbée dans une lecture intéressante. Ce bruit m'a fait sursauter...

– Mme de la Roche-Lausac s'est-elle quelquefois plainte devant vous de son mari ?

– Oui, plusieurs fois. Un jour où elle était plus particulièrement exaspérée, elle a dit : « Cet homme me hait. Il me tuerait, s'il l'osait ! » Sa sœur était présente à ce moment-là.

L'inspecteur caressa lentement son menton. Il réfléchissait. Françoise, nerveusement, crispait ses lèvres.

– Mme de la Roche-Lausac paraissait-elle avoir confiance en sa femme de chambre ?

– Oui, elle disait qu'elle en avait eu de très bons renseignements et ne pouvait rien lui reprocher.

– Vous a-t-elle parlé d'objets qui avaient disparu ces temps derniers ?... un dé en or, et je ne sais plus quoi ?

– Des objets ?

Françoise baissait les yeux, semblait chercher.

– Non, je ne m'en souviens pas.

– Paraissait-elle avoir de bons rapports avec sa sœur ?

– Elles m'ont paru bien s'entendre.

– Bon. Maintenant je vous laisse, mademoiselle, en vous remerciant des renseignements que vous m'avez donnés.

Il s'inclina et quitta la pièce, reconduit jusqu'à la porte par Françoise dont la physionomie se détendait.

Sur son carnet, ce soir-là, Simonot inscrivit :

« Perquisitionné à l'hôtel de Fougerolles. Trouvé chez la femme de chambre, caché sous son sommier, des mouchoirs en point d'Alençon et une pointe également en dentelle précieuse. Elle a avoué les avoir dérobés dans une de ses précédentes places, mais a nié de toutes ses forces être l'auteur du vol du rubis et des quelques objets dont la duchesse avait constaté la disparition.

« Vu les cousins de M. de la Roche-Lausac. Rien appris. Mlle de Grelles – très jolie fille – s'insurge ardemment contre toute suspicion à l'égard de M. de la Roche-Lausac.

« Interrogé, Mlle Gibault, filleule du commandant, qui se trouvait dans la bibliothèque au moment du crime. A entendu la détonation mais n'y a pas attaché d'importance. Prétend que le duc désirait être libre pour épouser M. de Grelles. A surpris – en écoutant aux portes, probablement – un entretien entre eux. Il aurait avoué qu'il avait plusieurs fois souhaité la mort de sa femme.

« Assez fortes présomptions contre lui, mais pas de preuves. »

Chapitre 13

Les obsèques de Flora eurent lieu le surlendemain. Le corps devait demeurer provisoirement dans le caveau de la famille de Grelles, en attendant d'être transporté à Paris. M. de la Roche-Lausac conduisait le deuil avec le commandant et Laurent. L'église était pleine et au-dehors on voyait nombre de curieux. Car le meurtre de la jeune duchesse faisait grand bruit dans la région et suscitait quantité de commentaires. Les notabilités, froissées que le duc les eût négligées, étaient en général pour la culpabilité du mari. Bien qu'elles ne connussent encore rien de l'enquête, elles assuraient que seul il avait eu un mobile pour tuer et répétaient le vieil adage : « Cherchez à qui le crime profite. » Un écho des dissentiments du ménage était arrivé aux oreilles des habitants de Montaulieu et ils en concluaient hardiment que M. de la Roche-Lausac avait voulu se débarrasser d'une femme insupportable. Puis, on commençait à chuchoter, – qui avait lancé ce bruit ? qu'un tendre sentiment pour une autre n'était pas étranger à son acte, et l'on murmurait le nom de Meryem de Grelles.

Quand Colette Langey arriva chez ses amis, dans l'après-midi de ce jour des obsèques, elle avait une mine furieuse qui frappa aussitôt Laurent.

– Qu'y a-t-il, ma chère ? Vous avez l'air d'un coq de combat.

– Je voudrais bien l'être pour transpercer de mon bec la langue qui raconte ces méchancetés idiotes !

– Quelles méchancetés ! demanda Meryem.

Colette s'assit en déclarant :

– Vous ne pensez pas que je vais vous les répéter ? Sachez pourtant que tous les imbéciles de Montaulieu sont d'avis que M. de la Roche-Lausac a tué sa femme.

Le commandant leva les épaules.

– Imbéciles, tu l'as dit, ma petite, leur opinion ne compte pas.

Mais Meryem était devenue très pâle.

Quant à Laurent, il réfléchissait, le front soucieux.

Colette reprit :

– Pour la question du rubis, elle ne les embarrasse pas. M. de la Roche-Lausac a fait disparaître ledit rubis pour qu'on croie au vol comme mobile, et il l'a si bien caché dans cette vieille maison, où il y a des tas de coins et de recoins, que les policiers n'ont pu le découvrir.

– Alors, bien qu'elle ait été arrêtée, la femme de chambre, d'après eux, ne serait pas coupable ?

– Non, ils préfèrent tout rejeter sur le duc. Cela simplifie l'affaire pour leurs petits cerveaux.

– J'espère que l'inspecteur aura un peu plus de jugement et trouvera la bonne piste.

Chapitre 13

– Cela semble à première vue singulièrement difficile ! Les domestiques ont tous un alibi.

– Seuls, le duc, dona Elvira et Pauline en sont dépourvus. Pour la seconde, on ne découvrira pas de mobile. Aimery en avait un, et Pauline ne pouvait tuer pour voler. Bien invraisemblable pour le premier, quand on le connaît, et assez difficile à croire pour Pauline, qui pouvait perpétrer ce larcin sans tant de risques, par exemple la nuit, quand sa maîtresse ne portait pas le bijou. Aussi l'inspecteur semble-t-il ne conserver contre elle que l'accusation de vol.

– Eh bien, en ce cas...

Colette regardait avec perplexité le commandant. Il soupira, en prenant un air chagrin.

– Eh bien, oui, en ce cas, il ne reste comme suspect que ce pauvre Aimery. Je crains qu'il n'ait fort à faire pour se défendre.

À ce moment, Meryem se leva brusquement et sortit du salon.

– Eh bien, qu'a-t-elle ? demanda le commandant avec surprise.

– Elle a qu'elle aime son cousin, répondit Laurent, et que vous lui déchirez le cœur avec ces suppositions.

– Ah ! bah !

M. de Grelles semblait ébahi.

– ... Elle l'aime ? Eh bien, par exemple !

– Oh ! je l'ai bien vu aussi, déclara Colette. Et c'est réciproque. Quelqu'un d'autre a dû s'en apercevoir, car dans les clabaudages de Montaulieu, on donne comme motif du prétendu crime de M. de la Roche-Lausac son désir d'épouser Meryem.

Le commandant leva les bras au plafond.

– En voilà bien d'une autre ! Quelle odieuse invention ! Ma petite Meryem, mêlée à tout cela !

Le sang montait à son visage, sous la poussée de l'émotion.

– Ne vous agitez pas, mon père ! dit Laurent. Cette pénible affaire s'éclairera un de ces jours. En attendant, méprisons les bavards et leurs histoires stupides.

Avec l'aide de Colette, il s'efforça de distraire son père. Mais le commandant restait sombre, inquiet. Déjà, les jours précédents, Laurent avait discerné en lui une préoccupation inhabituelle, ainsi qu'il le confia à sa fiancée en allant la reconduire jusqu'à la porte.

– Et cette préoccupation semble avoir pour objet Françoise, ajouta-t-il. J'ai vu plusieurs fois qu'il la regardait d'un air singulier.

– Ah ! cette Françoise ! dit impétueusement Colette. J'ai toujours eu à son égard de la défiance, vous le savez. Et figurez-vous que je me demande si elle n'est pas en partie l'auteur de ces bruits au sujet de Meryem et de M. de la Roche-Lausac ? J'ai toujours soupçonné qu'elle aimait les manœuvres en dessous, les racontars que l'on glisse à l'oreille : « N'en dites rien, surtout. » Il y a dans Montaulieu un petit clan de perruches plus ou moins conscientes, toutes prêtes à accueillir avidement ces sortes de confidences...

– C'est très possible. Il existe des choses peu claires chez elle... très peu claires, murmura Laurent d'un ton soucieux.

Quand il rentra dans le salon, il y trouva celle dont il venait d'être question. Le commandant dit à son fils :

– Laurent, Françoise m'annonce qu'elle va nous quitter, son amie Reine Monier lui annonce son arrivée à Paris et il faut qu'elle soit là pour la recevoir.

– Oui, à mon grand regret, je dois partir, dit Françoise.

Elle était assise devant M. de Grelles, souriante, pleine d'aisance.

– ... Je n'ai d'ailleurs que trop abusé de votre hospitalité, cher parrain !

– Oh ! il n'est pas question de cela ! Je t'avais dit que tu pourrais te considérer ici comme chez toi.

Le ton du commandant était sans chaleur.

– Vous avez reçu une lettre de Mlle Monier ? demanda Laurent.

– Oui, ce matin... Je vais donc me préparer tout de suite pour partir demain matin.

– Eh bien, va, mon enfant, dit le commandant.

Elle se leva et quitta la pièce. Le commandant ouvrait la bouche pour parler. Laurent dit vivement :

– Un instant, mon père !

Il alla à la cuisine où Louisette repassait et demanda :

– Est-ce vous qui avez retiré le courrier de la boîte ce matin ?

– Non, monsieur. Comme j'y allais, Mlle Françoise est sortie de la salle à manger et a été le prendre pour le porter dans le salon.

– Vous n'avez pas vu s'il y avait des lettres ?

– Je n'ai rien vu.

Quittant la cuisine, Laurent sortit de la maison et s'en alla dans une rue adjacente, où demeurait le facteur. Près de celui-ci, il s'informa s'il y avait eu ce matin des lettres pour Mlle Gibault.

– Pas de lettres pour personne, monsieur Laurent. Des circulaires, un journal, une revue, c'est tout.

Revenu chez lui, Laurent alla retrouver son père, qu'il trouva un peu affaissé dans son fauteuil.

– C'est bien ce que je pensais. Elle n'a pas reçu de lettre, Grimaud vient de me le dire. Ainsi donc, elle a pour partir une raison qu'elle ne peut nous avouer.

Le commandant se redressa sur son fauteuil. Sa physionomie témoignait d'une peine profonde en même temps que d'une grave résolution.

– Laurent, il y a une chose que je ne dois plus taire, étant donné les circonstances. Mon pauvre ami Gibault avait épousé, par un coup de tête, une femme d'un passé un peu louche, et dix-huit mois après son mariage, elle fut arrêtée pour vol d'une bague de grand prix chez une de ses relations. On trouva chez elle d'autres bijoux et des petits objets d'art précieux.

Laurent fit entendre un léger sifflement.

– Quand tu parlas de la découverte que tu avais faite de ce médaillon, au bas de l'escalier dérobé, je sentis une vive inquiétude. Puis j'essayai de me rassurer. Son explication était plausible, n'est-ce pas ?

– Évidemment.

– Mais cette anxiété revenait toujours. Puis elle avait parfois un drôle d'air... comme si elle craignait quelque chose. Pourtant, je ne voulais pas penser...

– Il faut cependant y penser maintenant, mon pauvre père. Il faut agir pour que cette Pauline, peut-être coupable d'autre part, ne soit pas accusée de ce vol qu'elle n'a pas commis.

– Que veux-tu faire ?

– L'obliger à restituer ce qu'elle a dérobé, anonymement.

Le commandant poussa un long soupir.

– En arriver là ! elle, la fille d'un si parfait honnête homme ! Mon pauvre Gibault ! Dieu lui a fait la grâce de le rappeler à lui avant qu'il puisse voir cela. Déjà ce fut pour lui une si terrible chose que la condamnation de sa femme !

– Vit-elle encore ?

– Je l'ignore. Mais elle n'a jamais cherché à revoir sa fille... Ah ! Laurent, il me semble que je rêve ! Pense que cette jeune fille a pu enlever ce bijou au cou de cette femme assassinée !

Laurent dit pensivement :

– Je me souviens qu'un jour, étant à Paris et sortant avec elle, nous fûmes témoins d'un affreux accident. Or, je fus surpris de la voir sans émotion devant la malheureuse victime. Il n'est donc pas étonnant qu'elle ait eu le sang-froid de commettre cet acte... Allons, cher père, calmez-vous. Je vais arranger cette affaire, puis nous n'en parlerons plus.

Quand Laurent entra chez Françoise, il la trouva affairée autour de sa malle déjà remplie à moitié. Elle leva sur lui un regard où luisait une sorte de méfiance.

– Je voudrais vous parler, Françoise.

– À propos de quoi, cher ami ?

Elle affectait un air désinvolte.

– À propos du rubis.

Sa main, qui tenait un objet de lingerie, le laissa échapper.

– Le rubis ? Qu'est-ce que vous me chantez là ?

– Je sais que vous l'avez, Françoise.

Ses yeux s'attachaient impérieusement sur les yeux fuyants de la jeune fille.

– ... Quand vous avez entendu la détonation, vous vous êtes précipitée dans l'escalier, vous êtes entrée dans la chambre, et de là dans le salon. Vous avez vu cette femme qui venait d'être assassinée. Le rubis était là, sur sa gorge. Vous le convoitiez sans doute depuis longtemps et vous avez saisi cette occasion de vous en emparer. Vous avez défait la chaîne de platine et l'avez probablement passée à votre cou, en cachant le bijou sous votre corsage. Puis vous avez regagné la bibliothèque.

À mesure qu'il parlait, Françoise blêmissait, perdait contenance. Quand il s'interrompit, elle balbutia :

– C'est faux !... Vous arrangez tout à votre manière...

– C'est la vérité, je le sais. Et vous êtes aussi l'auteur des autres larcins dont se plaignait Flora. Vous allez immédiatement me remettre le rubis et ces objets, que je ferai porter à l'inspecteur Simonot, de façon anonyme.

– Je n'ai rien à vous remettre ! Laissez-moi la paix !

Elle criait presque, le visage rouge et furieux.

– En ce cas, je vais informer l'inspecteur de la découverte que j'ai faite, et il aura sans doute quelques questions embarrassantes à vous poser sur ce sujet.

Elle se détourna, les traits crispés. On voyait son corps frémir.

– Allons, décidez-vous, Françoise. Je vous préviens que je ne laisserai pas accuser une femme innocente de ce vol quand je sais qui est la coupable. Encore est-ce par considération pour votre pauvre père que je ne vais pas trouver dès maintenant l'inspecteur, qui saurait bien découvrir ce que vous avez... soustrait.

D'un brusque mouvement, Françoise se tourna vers la malle, fouilla sous du linge et en sortit une petite boîte, qu'elle jeta à terre.

– Tenez !

Il la ramassa, l'ouvrit. Le rubis était là, et un dé d'or ciselé, un petit flacon de vermeil, une précieuse bonbonnière d'émail.

– Pas mal choisi ! Vous avez du goût.

Elle lui jeta un coup d'œil haineux.

– Allez-vous-en ! Délivrez-moi de votre présence ! Allez porter ça à cet imbécile d'inspecteur qui a la vérité sous le nez et qui ne sait pas la découvrir !

Elle éclata d'un rire mauvais, que Laurent entendait encore tandis qu'il descendait l'escalier.

Chapitre 14

Laurent se rendit à Périgueux le lendemain et se présenta au logis de l'inspecteur Simonot. Celui-ci, prêt à partir, le fit entrer dans la petite pièce qui lui servait de bureau.

– Venez-vous m'apprendre quelque fait nouveau, monsieur ? demanda-t-il tout en lui désignant un siège.

– Je vous apporte les objets disparus, inspecteur.

Et Laurent posa sur le bureau le paquet qu'il tenait à la main.

Quand Simonot eut ouvert la boîte et constaté ce qu'elle contenait, il leva les yeux sur Laurent.

– Et alors ?

– Eh bien, j'ai réussi à persuader la personne qui les avait soustraits de les restituer sous le voile de l'anonymat.

L'inspecteur prit le rubis entre ses doigts et le considéra longuement.

– Oui, c'est une pièce superbe, autant que je puisse m'en rendre compte. Mais la personne en question aurait eu de la peine à s'en défaire, surtout n'étant pas un professionnel du vol.

Il posa le rubis sur la table et examina le dé, le flacon, la bonbonnière.

– Jolies choses. Je comprends que cela ait tenté une femme peu scrupuleuse.

– Pourquoi pensez-vous que ce doit être une femme, inspecteur ?

– Hum ! ces brimborions... Puis une idée m'a passé par la tête, ces jours-ci. Je n'étais pas persuadé que Pauline fût l'auteur de ce vol, et je cherchais toujours qui avait la possibilité de pénétrer sans être vu dans la pièce où venait de se commettre le crime. J'ai pensé que de la bibliothèque, par l'escalier dérobé, il était facile d'y accéder...

Les gros doigts de l'inspecteur jouaient avec la bonbonnière. Ses yeux scrutaient la physionomie impassible de Laurent.

– ... Mais, enfin, puisque la restitution est faite, nous classerons l'affaire. Pauline Têtart sera poursuivie seulement pour le vol de dentelles.

– Et l'autre affaire... le crime, où en êtes-vous, inspecteur ?

– Au même point, monsieur, au même point. Le juge d'instruction a dû convoquer aujourd'hui M. de la Roche-Lausac pour l'interroger.

Laurent tressaillit.

Chapitre 14

– Voulez-vous dire qu'on l'accuse vraiment ?

– J'ai remis mon rapport au juge, qui décidera s'il y a lieu ou non de poursuivre.

– Mais ce serait insensé ! Il n'y a aucune preuve contre lui !

L'inspecteur posa la bonbonnière sur son bureau et appuya ses coudes sur celui-ci.

– Monsieur de Grelles, voilà une femme qu'on trouve assassinée dans son salon à l'aide d'un revolver lui appartenant, dont seulement quelqu'un de la maison, je dirais même de l'intimité, devait connaître l'existence et savoir où elle avait coutume de le placer. Dès lors, nous éliminons la personne qui a volé ; la femme de chambre l'est également, du fait qu'elle n'a pas soustrait le rubis. Les alibis des domestiques sont inattaquables. La duchesse douairière se trouvait avec vous au rez-de-chaussée. Nous ne trouvons pour Mlle de Gomaès aucun mobile à un tel acte. Alors, que reste-t-il ?

En croisant et décroisant ses doigts, Simonot considérait la physionomie assombrie de Laurent.

– ... Le mari, qui souhaitait, inconsciemment ou non, cette mort. Le mari qui était malheureux par la faute de sa femme et qui n'a aucun alibi... bien mieux, qui a donné un motif reconnu faux pour se trouver seul au moment où fut commis le crime.

– Il a expliqué ce qui s'est passé...

– Personne n'a pu le vérifier. Enfin, quoi qu'il en soit, je pose le problème : Mme de la Roche-Lausac a été tuée d'un coup de revolver, par qui ? Éliminez, vous aussi, et dites-moi votre conclusion.

Laurent se leva en déclarant brusquement :

– Jamais je ne croirai cela ! De la part de cet homme-là ? Jamais !

Simonot se leva à son tour. Il regardait son interlocuteur avec une évidente sympathie.

– Je le comprends, car, moi-même, j'ai peine à l'admettre. S'il est coupable, il est d'une habileté rare ! Mais la nature humaine est tellement complexe ! Il ne faut jurer de rien, monsieur.

Sept heures sonnaient quand M. de la Roche-Lausac entra ce soir-là dans le salon de sa mère. Celle-ci demanda, la mine inquiète :

– Tout s'est bien passé ? Ce juge d'instruction ?

– Il avait certains renseignements à me demander. Rien de bien important. J'ai ensuite fait quelques courses là-bas et au retour je me suis arrêté chez Me Berger, pour lui donner diverses instructions.

La physionomie de la duchesse se rasséréna en entendant ces explications données avec naturel. Le domestique, à ce moment, vint annoncer le dîner. Ils passèrent dans la salle à manger où presque aussitôt apparut Elvira. Elle continuait, comme du vivant de sa sœur, à prendre ses repas avec eux. Aimery s'entretint avec sa mère et elle comme à l'ordinaire. Mais il mangea peu et son regard prenait parfois une expression soucieuse que parut remarquer sa belle-sœur, car elle le considéra plusieurs fois avec insistance.

Le dîner terminé, Aimery sortit sur la terrasse. Elvira le suivit. Il lui offrit une cigarette et tous deux s'éloignèrent le long de la terrasse. Le jour était bas, le crépuscule approchait. Le parfum des fleurs fânées par le soleil pendant la chaude journée s'exhalait, mêlé à celui de la terre fraîchement arrosée.

– Alors, que vous a dit ce juge d'instruction ? demanda la voix légèrement nerveuse d'Elvira.

– Il m'a interrogé, essayant d'obtenir un aveu. J'ai bien compris que son siège était fait. Je serai arrêté un de ces jours, Elvira.

Elle s'immobilisa, et la cigarette glissa de ses doigts sur le sol.

– Arrêté ?... Mais c'est fou !

La voix devenait un peu rauque.

– ... Il n'y a pas la moindre preuve !

– Il n'y a que moi qui aie eu à la fois un motif pour commettre ce meurtre, et la possibilité de le faire.

Les derniers reflets du couchant éclairaient les mosaïques du parterre, les charmilles, les buis taillés. L'eau du bassin devenait rose. Le visage d'Aimery apparaissait grave et fier, dans cette clarté. Celui d'Elvira restait dans l'ombre, car elle tournait le dos à la lumière.

– Ce n'est pas une raison. C'est fou, je le répète !

– Pas pour ces gens-là. Ils suivent un raisonnement logique. Ce juge paraît un homme à l'esprit méthodique, probablement dépourvu d'imagination. Aimery mit la cigarette à ses lèvres en tirant quelques bouffées, puis ajouta :

– Enfin, nous verrons bien ! Le plus dur, si cela se produit, ce sera le chagrin de ma pauvre mère. Dans son état de santé, comment le supportera-t-elle ?

Il eut un léger soupir. Elvira demeurait silencieuse, les bras retombant le long de sa robe noire. Aimery entendait sa respiration un peu plus accélérée qu'à l'ordinaire.

– ... J'ai été tout à l'heure chez Me Berger, afin de prendre des dispositions nécessaires dans cette éventualité. Maintenant, je vais voir mes cousins de Grelles. Bonsoir, Elvira.

– Bonsoir... Mais, Aimery...

– Quoi donc ?

– Vous vous montez la tête... Vous exagérez. Les choses n'iront pas jusque-là...

– Je veux l'espérer. Mais maintenant il faut envisager le pire et s'y préparer. Je vous le répète, ce juge ne me dit rien qui vaille.

Il serra la main qu'elle lui offrait et rentra dans la maison. Elle resta un long moment immobile, puis, lentement, descendit les degrés et se perdit dans l'ombre envahissante.

Aimery sortit de chez lui, ouvrit le loquet de la petite grille, et voyant de la lumière dans l'atelier, il y entra. Laurent dessinait, assis devant la table. Meryem, près de lui, restait inactive, un livre entre les doigts. Elle eut un vif mouvement à l'apparition d'Aimery, et une exclamation où passait de la joie :

– Ah ! vous voici !

Il serra les mains qui s'offraient et prit place près de Meryem.

– J'ai été convoqué cet après-midi chez le juge d'instruction, dit-il sans préambule.

– Je le sais, répliqua Laurent. J'ai été à Périgueux pour voir l'inspecteur et il me l'a appris.

– Ah ! et il vous a dit sans doute que j'avais quelque chance d'être inculpé ?

Meryem leva sur lui un regard plein d'angoisse.

– Ce serait tellement odieux et imbécile ! Non, ce ne sera pas, Aimery !

– Il faut tout envisager, ma pauvre amie. Mettons-nous à la place de cet homme. Que ferions-nous, dans un tel cas, où les apparences sont contre moi, contre moi seul ?

– Et pourtant, ce n'est pas vous !... Oh ! non, non ! s'écria Meryem avec passion. On peut vous accuser, chercher des preuves, moi, je ne douterai jamais de vous !

La physionomie d'Aimery s'éclaira subitement. Il prit la main de la jeune fille et la porta à ses lèvres.

– Merci, Meryem !

Sa voix était grave et ardente.

– ... On peut maintenant m'inculper, me condamner, j'aurai toujours cette joie d'avoir conservé votre confiance et votre estime.

– Mais on ne vous condamnera pas ! dit-elle dans une sorte de sanglot. C'est impossible, impossible !

– Cela me semble en effet bien difficile, ajouta Laurent. Je puis vous dire que l'inspecteur Simonot, ayant honnêtement fait son rapport, ne semble pas en définitive trop porté à vous croire coupable.

– Malheureusement, le juge paraît avoir la tendance contraire. Nous verrons par la suite. Le plus pénible pour moi, comme je le disais tout à l'heure à ma belle-sœur, c'est la peine de ma mère, en pareille conjoncture. Vous l'aideriez à la supporter, n'est-ce pas, Meryem. Vous veilleriez sur sa santé ?

– Oh ! certes !... et de tout cœur.

– Je vous remercie. Elle serait tellement seule ! Elvira est là, oui, mais je ne pense pas qu'elle soit d'un grand secours. Elle est d'une nature froide, plutôt égoïste, je crois... je dis « je crois » parce qu'elle est assez difficile à connaître. Elle vit chez moi depuis mon mariage avec sa sœur et elle me paraît toujours aussi étrangère que le premier jour.

– Oui, elle n'est pas de ces personnes qui gagnent vite la sympathie, dit Laurent. Mais je la trouve intelligente, et elle est si bonne musicienne !

– Je lui ai dit qu'elle pouvait continuer de considérer ma demeure comme la sienne. Elle n'a aucune ressource, en dehors d'une petite rente viagère léguée par un oncle.

Pendant un moment, tous trois restèrent silencieux. Laurent, distraitement, traçait avec son crayon quelques contours sur une feuille placée devant lui. M. de la Roche-Lausac demanda :

– Votre père n'est pas souffrant, je ne le vois pas avec vous ?

Chapitre 14

– Il était très fatigué, et nous l'avons persuadé de se coucher aussitôt dîner, dit Meryem.

Laurent ajouta :

– Il a eu une grande contrariété, une grande peine, devrais-je plutôt dire. Sa nature sensible en est très affectée.

– Cette Françoise...

Meryem s'interrompit, comme si elle craignait d'en avoir trop dit.

– Vous ne l'aimez pas ? demanda Aimery.

– Non, je n'ai jamais eu de sympathie pour elle. Laurent non plus. Nous avions bien raison ! Enfin elle est partie ! Mais notre pauvre papa a eu beaucoup de désillusions.

Discrètement, Aimery ne s'informa pas quel était le motif de cette désillusion. Il se leva au bout d'un moment pour prendre congé de ses cousins. Meryem demanda, la mine inquiète :

– Nous nous reverrons bientôt ?

– Mais je l'espère bien !

Il souriait, en lui serrant longuement la main.

– Bonsoir, Laurent.

– Bonsoir, mon cher Aimery... Ah ! mais je ne vous ai pas dit que vous rentreriez peut-être bientôt en possession du rubis de l'émir ?

Aimery le regarda avec stupéfaction.

– Pas possible ? Comment cela ?

– On l'a restitué de façon anonyme, ainsi que les autres objets dont Flora avait constaté la disparition.

– Ainsi donc, ce n'était pas Pauline ? Mais alors... qui ?

Laurent eut un geste évasif. Meryem avait un petit pli de mépris aux lèvres. Elle murmura :

– Vous le devinerez peut-être bien.

Aimery passa la main sur son front.

– Cette affaire est absolument inexplicable ! Qui a tué ? Qui a volé ? Est-ce la même personne ?

– D'après l'inspecteur, la personne en question ne pouvait pas savoir où se trouvait le revolver. Ainsi elle a volé seulement, une fois le crime accompli et le meurtrier enfui.

– Donc il ne reste que moi... toujours que moi ! dit Aimery avec un rire sourd.

Chapitre 15

L'affaire la Roche-Lausac passa aux assises vers la mi-novembre. Étant donné la personnalité de l'accusé, elle avait attiré un nombreux public. Des amis de M. de la Roche-Lausac, venus de Paris, témoignaient par leur attitude de l'estime qu'ils lui conservaient. Parmi les gens du pays, le clan qui croyait à la culpabilité se trouvait plus nombreux. Il demeurait entendu, pour eux, que le duc avait tué sa femme, afin d'épouser Meryem de Grelles.

Ce fut d'ailleurs, en partie, le thème que soutint l'accusation. La perfide révélation de Françoise ayant trait à l'entretien d'Aimery et de Meryem, dans l'atelier de Laurent, portait ses fruits. Elle était renforcée par le témoignage de Pauline, rapportant que Mme de la Roche-Lausac avait, au cours d'une discussion, accusé son mari d'avoir une inclination pour sa cousine. Enfin, le grand point était cette absence d'alibi, jointe au fait que le duc n'avait pu justifier le prétexte donné pour se trouver seul à ce moment-là.

Laurent, après la première journée du procès, rentra chez lui assez découragé. L'accusation semblait vraiment solide, l'argumentation assez forte. Mais à cause de Meryem, il affecta une grande confiance. Il parla de l'attitude simple et calme d'Aimery, de la netteté, de la droiture de ses réponses, qui paraissaient avoir fait impression sur l'assistance.

– ... Il me semble qu'on ne peut, en le voyant, s'empêcher de penser : « Voilà l'honnête homme, incapable d'une telle action, surtout préméditée. »

– Puisqu'on l'a mis en accusation, c'est que certaines gens l'en croient capable, dit Meryem d'une voix brisée.

Elle avait changé en ces derniers mois, pâli et maigri. Le commandant la regardait avec désolation.

Laurent lui frappa sur l'épaule.

– Son avocat va remettre les choses au point, petite sœur. Prends une autre mine pour aller remonter un peu sa pauvre mère.

– Oui, pauvre femme ! Sa santé m'inquiète si... s'il est condamné,

Chapitre 15

elle n'y survivra pas !

Quand Meryem entra dans le salon de Mme de la Roche-Lausac, elle y trouva Elvira. Celle-ci revenait de Périgueux, étant citée comme témoin au procès. La duchesse dit avec un air heureux :

– Dona Elvira assure qu'il ne sera pas condamné !

– Laurent le croit aussi, ma cousine.

Meryem l'embrassa, serra la main de dona Elvira et prit son siège favori, un petit pouf bas. Elle venait chaque jour près de la mère affligée, qui lui témoignait une tendre sympathie, lui parlait d'Aimery, fils parfait, cœur délicat sous une apparence un peu froide.

Elvira, les paupières un peu baissées, considérait avec attention le visage amaigri, aux yeux légèrement cernés. Sa bouche eut une sorte de sourire d'une ironie presque cruelle. Sur un ton net, décisif, elle déclara :

– Certainement non, il ne sera pas condamné. Quoi qu'il arrive, il ne le sera pas.

Aimery avait demandé pour le défendre un avocat parisien de ses amis, dont il appréciait le sobre et grand talent. Sa plaidoirie était attendue avec impatience par tout l'auditoire.

Laurent, de sa place, regardait le visage pâli de son cousin, mais calme et fier. Non loin de lui se trouvait Elvira. Elle avait déposé la veille, redisant comment, avertie par la femme de chambre, elle avait trouvé sa sœur morte. Sur les dissentiments de Flora et de son mari, elle avait passé légèrement, faisant ressortir surtout les torts de Flora, vantant la patience d'Aimery. Tout cela avait été dit avec un sang-froid, une conviction mesurée qui avait paru faire impression sur le tribunal. Maintenant, elle attendait la plaidoirie, le visage rigide, les lèvres serrées, ses mains croisées sur le petit sac posé sur ses genoux.

Après un habile préambule montrant en quelle estime M. de la Roche-Lausac était tenu par tous ceux qui le connaissaient, Me Normand s'attacha à saper les bases de l'accusation. Celle-ci, en réalité, ne reposait sur aucune preuve. L'absence d'alibi n'en était pas une. On ne pouvait démontrer que l'accusé ne se trouvait pas dans son appartement pendant que se commettait le crime. Le revolver ? D'autres personnes pouvaient savoir où le rangeait la victime, comme, par exemple, sa sœur et sa femme de chambre. Or, celles-ci non plus n'avaient pas d'alibi. Pourquoi ne pas les suspecter au même titre que M. de la Roche-Lausac ? Absence de mobile ? Qu'en savait-on ? Il était trop simple d'accuser d'un tel crime un homme qui souffrait silencieusement, noblement, alors que les paroles de violence, de menace étaient proférées par sa femme, ainsi que les témoins l'avaient reconnu lors de leur interrogatoire. Bref, toute l'accusation reposait sur cette thèse : puisqu'on ne trouve pas d'autre personne susceptible d'avoir tué cette femme, ce ne peut être que lui, le mari, bien qu'il soit impossible de le prouver.

Nette, incisive, parfois pathétique, la voix du défenseur résonnait dans le prétoire silencieux. Laurent, le cœur battant très fort, regardait le jury. Allait-il se laisser convaincre par cette logique, par cette éloquence ?

Elvira serrait un peu plus ses doigts contre le petit sac. Son beau visage semblait de pierre. Elle ne changea pas d'attitude lorsque, la plaidoirie terminée, le jury se retira pour délibérer.

Quand il reparut, elle tourna la tête vers lui, sans que cédât cette rigidité. Elle écouta du même air impassible l'énoncé du verdict : « Non, l'accusé n'est pas coupable. » Mais ses doigts se détendirent et le sac glissa à terre.

Quand Aimery, une fois accomplies les formalités de la levée d'écrou, sortit de la prison, il trouva Laurent près de la porte. Les deux hommes échangèrent une longue, chaleureuse poignée de main.

– Venez vite, dit Laurent. Venez rassurer votre mère. Mon père et Meryem doivent être près d'elle. Votre voiture est là, avec dona Elvira. C'est elle qui m'a amené.

Elvira s'avançait, très pâle dans l'enroulement de son voile noir. Elle tendit à Aimery une main qui était glacée.

– Voilà votre épreuve finie...

Sa voix n'avait pas tout à fait l'assurance habituelle.

– Il faudra maintenant l'oublier, Aimery.

– Oui, du moins l'essayer. Ce ne sera peut-être pas facile.

Il avait le visage un peu altéré par sa détention. Meryem le vit aussitôt quand il entra chez sa mère. Mais la joie de le revoir libre l'emportait sur tout. Elle éclairait sa physionomie, rendait à ses yeux veloutés leur éclat habituel. Quand Aimery eut tendrement embrassé sa mère, qui tremblait de bonheur, et qu'il se tourna vers elle, un sourire sur son visage amaigri, elle dit avec une ardeur contenue :

– J'ai tant prié pour que vous soyez rendu à votre mère !... à nous tous.

– Vous avez été bien exaucée, chère cousine. J'ai passé de durs moments, mais, comme le conseillait tout à l'heure Laurent, il faut essayer de les oublier.

– Nous vous y aiderons, Aimery, dit Elvira. Nous ferons en sorte que vous soyez heureux à votre tour.

La vie reprit son cours à l'hôtel de Fougerolles. Le seul changement était qu'Elvira avait de plus fréquents rapports que du vivant de sa sœur avec la duchesse douairière et Aimery. Pendant la détention de celui-ci, elle avait pris l'habitude de venir voir souvent Mme de la Roche-Lausac, et elle continuait maintenant. À l'heure du thé, Aimery la trouvait toujours là, souvent au piano où elle jouait les morceaux préférés de son hôtesse. M. de la Roche-Lausac appréciait beaucoup son talent et lui demandait à son tour de jouer pour lui. Sa conversation ne manquait pas d'intérêt. Elle avait une bonne culture intellectuelle et des idées personnelles, pas toujours du goût d'Aimery. Ils discutaient courtoisement et presque toujours elle se rangeait à l'opinion de son interlocuteur.

Le commandant, Laurent et surtout Meryem venaient souvent chez leurs cousins. La duchesse les accueillait avec un évident plaisir. Aimery leur témoignait son affabilité habituelle, avec une note de gratitude pour le soutien moral qu'ils lui avaient apporté pendant son épreuve, mais rien dans ses paroles, dans sa physionomie, ne décelait plus les sentiments qu'il avait paru éprouver pour Meryem.

– La pauvre petite souffre, confiait Laurent à sa fiancée. Qu'a-t-il pu se passer pour qu'il change ainsi ?

– Souvent homme varie, disait Colette. Cependant, j'en suis étonnée, car vous ne l'aviez pas présenté sous cet aspect.

Un après-midi, Laurent la vit entrer dans son atelier. Elle déclara :

– Mon cher, j'ai l'explication, au sujet de l'attitude de votre cousin.

On l'accusait d'avoir tué sa femme pour épouser Meryem. On l'acquitte. Bon. Mais s'il l'épouse, il craint de donner raison à ceux, nombreux, qui n'ont pas admis le verdict du jury. Or, il ne veut pas – délicatesse de sa part – qu'elle soit la femme d'un homme considéré comme un meurtrier. Alors, il attend qu'on ait découvert le coupable, en souffrant, lui aussi, probablement. Hé ! qu'en dites-vous ?

– Je dis que vous devez avoir bien deviné, chérie ! Mais si on ne découvre jamais ledit coupable ?

– Eh bien, il continuera à se ronger le cœur et Meryem sera toujours malheureuse.

Laurent frappa sur la table du plat de la main.

– Ça, non ! Il faut découvrir cet assassin, Colette !

– Je ne demande que cela ! Mais comment ? J'ai beaucoup tourné et retourné la chose... quelqu'un a pu venir du dehors, quoi que prétende l'inspecteur.

– Improbable, en plein jour. Puis il serait venu pour voler, et aurait pris le rubis.

– Qu'en savez-vous ? Il pouvait s'agir de quelque vengeance. La vie de cette Flora était peu édifiante, d'après ce que j'ai compris, et on ne sait qui elle fréquentait. Je trouve que l'inspecteur aurait dû chercher de ce côté.

Laurent réfléchissait.

– La personne qui lui fournissait de la cocaïne, peut-être... L'inspecteur n'a pu découvrir comment elle se la procurait. Tout ceci n'a pas manqué d'être évoqué par Me Normand, mais ne nous donne pas une indication pouvant mettre sur la piste du meurtrier.

– Hélas ! Mais ne désespérons pas. Le criminel peut se perdre par une maladresse. Quant à Meryem... Ne croyez-vous pas qu'elle souffrirait moins si elle savait pourquoi M. de la Roche-Lausac paraît s'écarter d'elle ?

– Certainement. Mais elle ne m'a jamais rien dit au sujet de ses sentiments à l'égard de notre cousin. Je suis à peu près certain que lui, de son côté, n'a fait aucune allusion à ce qu'il éprouvait pour elle. Tout, de part et d'autre, a dû se passer dans le silence. Alors, il m'est bien difficile de pénétrer dans ce jardin secret.

– Eh bien, moi, je le ferai ! dit résolument Colette. C'est plus facile entre amies. Oui, je m'en charge, Laurent. Et puis, nous continuerons à faire travailler notre imagination pour découvrir le mystérieux assassin, car il faut que notre cousin et Meryem soient mariés l'année prochaine !

Chapitre 16

Dès sa libération, Aimery avait annoncé son intention d'aller habiter la Guibière. L'hôtel de Fougerolles, depuis le drame, était devenu insupportable à sa mère comme à lui. Il fit en fin de janvier un séjour d'un mois à Paris, puis, à son retour, organisa l'installation dans la confortable maison de campagne. Il réduisit quelque peu son train de maison, congédiant le valet de pied, ne remplaçant pas Pauline, la femme de chambre de sa mère étant chargée du service d'Elvira. Très activement, avec le régisseur, il s'occupa de la propriété dont les terres excellentes pouvaient produire toutes les cultures. Il les parcourait souvent à cheval, et parfois Elvira l'accompagnait.

– Elle s'intéresse à tout cela, disait-il à ses cousins. C'est une femme intelligente, décidément.

Le commandant et ses enfants venaient souvent à la Guibière, sur l'invitation cordialement faite une fois pour toutes par la mère et le fils. Quand Meryem était présente, Aimery demeurait peu de temps avec eux. Mais Meryem ne s'en désolait plus, depuis que Colette lui avait fait comprendre la raison de cette attitude. Elle attendait, confiante en la Providence qui permettrait qu'enfin l'innocence d'Aimery fût proclamée sans équivoque.

Au mois d'avril fut célébré le mariage de Laurent et de Colette. Aimery avait choisi comme cadeau de noces un très beau saphir qu'il possédait et qu'il avait fait monter en bague. Avant de l'offrir à la fiancée, il le montra un jour à Elvira qui était venue lui demander un renseignement dans son cabinet de travail.

– Oui, il est superbe, dit-elle en tournant et retournant la pierre pour lui faire jeter ses feux. C'est un présent magnifique, Aimery.

– J'aime beaucoup Laurent, et cette petite Colette est très sympathique.

– Je suis de votre avis... Mais dites-moi...

Assise en face de son beau-frère, elle appuyait ses coudes contre le bureau et levait sur Aimery ses yeux sombres où parfois – comme en ce moment – passait une lueur qui les transformait.

– ... Vous a-t-on rendu le rubis de l'émir ?

Une ombre parut dans le regard d'Aimery.

– Oui, dit-il brièvement.

Après un silence, il ajouta :

– J'ai bien envie de m'en défaire. Il ne me rappelle que de tristes souvenirs.

– Oh ! ce serait dommage ! Un joyau de famille, et si beau ! Je ne me lassais pas de l'admirer. C'était vraiment la seule chose que j'enviais un peu à cette malheureuse Flora.

– Eh bien, le voulez-vous ?

Elle le regarda avec stupéfaction.

– Oh ! Aimery !... Non, cette pierre doit rester dans la famille !

Il leva les épaules.

– Je n'y tiens pas, vous dis-je.

Se levant, il alla vers une armoire dissimulant un coffre-fort. Un instant après il revenait, tenant le rubis qu'il posa devant Elvira.

– Voilà, il est à vous. Qu'il vous porte bonheur, c'est tout ce que je souhaite. En même temps il sera pour vous un souvenir de votre sœur.

Elle prit le joyau, le mit à son cou. Sur la peau brune, son reflet semblait un peu terni.

– Merci, Aimery...

La voix d'Elvira avait une douceur surprenante.

– ... Mais je considère que cette pierre est toujours à vous. Je n'en accepte que le prêt. Si vous la voulez un jour, vous n'aurez qu'à me la demander.

Son regard avait une expression étrange dont Aimery ne sut déterminer la nature, mais qui l'obséda un peu tout le reste du jour.

Le mariage de Laurent fut une simple et jolie cérémonie. On dansa un peu chez les parents de Colette, qui habitaient une grande maison dans la ville basse. Meryem avait comme garçon d'honneur

Chapitre 16

un cousin de la mariée, enseigne de vaisseau, qui semblait la trouver fort à son goût. Le rose pâle de sa robe lui seyait admirablement et la joie de voir Laurent heureux donnait un radieux éclat à ses yeux. Mais ceux-ci, parfois, se voilaient de tristesse quand ils s'arrêtaient sur M. de la Roche-Lausac, assis près du commandant de Grelles et qui la suivait d'un long regard douloureux. Alors elle n'écoutait plus que distraitement son cavalier et toute sa pensée s'en allait vers celui qu'elle aimait secrètement, avec la pure ardeur d'un cœur sans ombre.

Elvira était là aussi, vêtue de gris perle, coiffée d'un grand chapeau noir. À défaut de beauté, elle avait de la distinction, une certaine élégance. Elle dansait remarquablement. Ses cavaliers l'en complimentaient et admiraient aussi le rubis qu'elle portait au cou.

– Un présent de mon beau-frère, dit-elle à l'un d'eux, parent du commandant. C'est un joyau de famille que les la Roche-Lausac offrent à leur future épouse.

Vers la fin de la réunion, le bruit courait parmi les invités que le duc de la Roche-Lausac était fiancé à dona Elvira Gomaès. Il parvint ainsi aux oreilles de Meryem. Celle-ci devint toute pâle.

– J'en suis étonnée, répondit-elle à l'informatrice qui notait cette émotion pour en faire part à d'autres commères. Mon cousin n'a jamais manifesté de particulière sympathie pour sa belle-sœur.

– Cependant, elle porte le fameux rubis de l'émir. C'est une indication, cela !

– Oui, peut-être, dit Meryem du bout des lèvres.

Un voile très sombre était tombé sur sa joie. Elle refusa de danser encore et alla rejoindre son père dont Aimery prenait congé à ce moment-là.

– Voilà nos jeunes mariés partis, dit M. de Grelles. Nous les reverrons dans huit jours. Restes-tu encore, Meryem ?

– Non, papa, rentrons. Je suis fatiguée... Au revoir, Aimery.

Elle lui tendit la main. Il la prit, la serra nerveusement. Les traits étaient tendus, sa bouche avait un pli d'amertume.

Près de lui s'avança silencieusement Elvira. Il demanda d'un air distrait :

– Désirez-vous rentrer ?

– Mais oui, si vous ne tenez pas à demeurer davantage.

– Oh ! moi !

Il eut un geste d'indifférence.

– Eh bien, rentrons, dit Elvira.

Sa main gantée de clair s'offrit à Meryem, dont les doigts s'avançaient sans empressement.

– Nous nous reverrons sans doute demain ? dit-elle.

– Je ne le pense pas... La maison est un peu bouleversée, j'aurais pas mal de rangement à faire.

Son regard s'attachait sur le rubis qui ornait le cou de l'Espagnole. Elle avait été fort étonnée de le voir, quand Elvira était venue féliciter les mariés à la sacristie. Était-il donc possible que ?...

Ses yeux rencontrèrent ceux d'Aimery, et elle y lut tant de grave tendresse que son cœur serré se dilata. Un sourire vint à ses lèvres. Elvira parut surprise et la considéra pendant quelques instants avec perplexité. Puis elle se détourna en disant :

– Quand vous voudrez, Aimery.

Dans la voiture que conduisait M. de la Roche-Lausac, elle s'assit près de lui. Pendant la première partie du trajet, ils restèrent silencieux. Enfin Elvira dit pensivement :

– Ils forment un gentil couple, M. Laurent et cette petite Colette. Dans sa robe blanche, elle était presque jolie ce matin.

– Oui, n'est-ce pas ? Et lui est un si gentil garçon ! Je suis heureux que les circonstances m'aient permis de faire leur connaissance à tous et je me réjouis que Laurent continue d'habiter Montaulieu.

– La présence de ce jeune ménage consolera le commandant, si sa fille est obligée de vivre au loin.

– Vivre au loin ? Pourquoi ?

– Mais quand elle se mariera... Son garçon d'honneur a eu visiblement le coup de foudre, et elle semblait accueillir avec faveur ses attentions.

– Où avez-vous vu cela ?

La voix d'Aimery était brève et impatiente.

– Je n'ai rien remarqué de pareil, Meryem était aimable, comme elle l'est pour tous – rien de plus.

– Ah ! il m'avait semblé... Ce serait assez naturel, d'ailleurs. Cet officier de marine est très bien, plutôt beau garçon.

– Cela ne suffit pas pour qu'une femme comme Meryem donne son cœur.

De nouveau, ce fut le silence dans la voiture qu'Aimery menait maintenant à vive allure. Quand Elvira descendit dans la cour de la Guibière, elle avait les traits tirés et un pli dur au coin de la bouche.

Chapitre 17

Aimery, enfoncé dans un fauteuil, fumait en regardant distraitement les pelouses, les corbeilles fleuries du jardin de la Guibière. Les sons du piano lui arrivaient du hall qui tenait toute la profondeur de la maison et ouvrait par deux portes vitrées sur la terrasse dallée précédant le jardin. Ayant transformé les deux salons en appartement pour sa mère, afin qu'elle n'eût pas à monter l'étage, il avait fait de ce hall, décoré avec un goût sobre, le lieu de réunion et de réception. Le piano s'y trouvait et Elvira venait s'asseoir chaque jour devant lui. En ce moment, elle jouait une sonate de Beethoven, la préférée de son beau-frère. Mais ce jeu, dont il appréciait la maîtrise, aujourd'hui, il l'écoutait à peine. Une impression désagréable le poursuivait depuis quelque temps, et il se rendait compte qu'Elvira en était la cause.

Il n'avait jamais éprouvé beaucoup de sympathie à son égard. En lui donnant l'hospitalité, au moment de son mariage, il avait obéi à un sentiment de devoir, de bonté. Depuis lors, il n'avait rien eu à lui reprocher. Elle n'aimait guère le monde et semblait blâmer l'existence frivole de sa sœur. Toujours, elle avait montré de la discrétion, et elle usait avec modération de la rente que lui faisait son beau-frère. Mais il la jugeait de nature froide, assez indifférente à ce qui n'était pas elle-même. Du moins, jusqu'à ces derniers temps. Car il avait maintenant cette idée singulière qu'elle s'intéressait beaucoup trop à quelqu'un.

Le chien de chasse couché à quelques pas de lui releva la tête, remua la queue et se leva pour aller au-devant d'une arrivante : Meryem, qui conduisait à la main sa bicyclette.

– Bonjour, Aimery. Je viens apporter à ma cousine les biscuits qu'elle aime. J'en ai fait ce matin.

– Vous gâtez ma chère maman. Colette ne vous a pas accompagnée ?

– Non, elle est occupée à sa layette. C'est une affaire d'État. Laurent ne pense plus qu'à son futur héritier.

Et Meryem accompagna ces mots de son joli sourire.

Puis, brusquement, une ombre tomba sur son regard, et en même temps la physionomie d'Aimery s'assombrit. Tous deux pensaient à ces joies qui leur étaient refusées. Ces simples joies familiales, les seules dont ils fussent avides.

Gisèle arriva à ce moment du jardin et Meryem la prit sur ses genoux. L'enfant bavardait, heureuse de la voir. Depuis la mort de sa mère, elle ne montrait plus à l'égard d'Aimery cette défiance, cette hostilité introduites par Flora dans cette âme d'enfant. Mais sa grande affection était pour Meryem et l'on ne pouvait lui donner de plus forte punition que de l'empêcher de la voir quand elle venait à la Guibière.

Depuis un instant le piano avait cessé. Près d'une des portes du hall se tenait Elvira. Ses yeux ne quittaient pas Aimery, presque silencieux, qui regardait avec une pensive tristesse la jeune fille et l'enfant.

Ce fut Gisèle qui l'aperçut la première.

– Oh ! pourquoi vous faites ces vilains yeux, tante Elvira ! s'écria-t-elle.

Meryem et Aimery tournèrent la tête vers dona Elvira, dont une sorte de sourire détendait les lèvres serrées.

– Tu rêves, ma petite. J'ai mes yeux de toujours... Te voilà contente, avec ta grande amie ?

– Oh ! oui, oui ! Je l'aime !

Gisèle jetait ses bras autour du cou de Meryem.

– ... Elle n'a jamais des yeux méchants, elle !

Meryem détacha doucement les bras de l'enfant et la mit à terre.

– Allons, viens, nous allons trouver grand-mère. Prends ce petit paquet, tu le lui donneras... Au revoir, Aimery, au revoir, dona Elvira.

Elle s'éloigna le long de la terrasse jusqu'à une porte-fenêtre donnant dans l'appartement de la duchesse, où elle disparut avec

Chapitre 17

Gisèle.

Aimery, distraitement, allumait une nouvelle cigarette. Il dit avec indifférence :

– À ce soir, Elvira. Si ma mère me demandait, dites-lui que je suis à la ferme des Vieux-Chênes.

– Vous y allez à cheval ?

– Oui.

Mais il ne lui proposa pas de l'accompagner, comme il le faisait jusqu'à ces derniers temps. Depuis plusieurs jours, il ne le lui avait pas offert.

Elle le suivit des yeux jusqu'à ce qu'il eût disparu, puis elle rentra lentement dans le hall.

Quand Laurent, quittant son atelier vers la fin de cette même après-midi, entra dans le salon où se trouvait Colette, celle-ci sursauta, comme enlevée à une profonde songerie.

– Eh bien, quoi donc, chère enfant ? dit gaiement Laurent, je t'ai fait peur ?

– Non. Mais je réfléchissais... Je suis allée chez les Berger aujourd'hui. Figure-toi qu'il est de plus en plus question du mariage d'Aimery et de dona Elvira.

Laurent leva les épaules.

– Stupidités ! On a déjà fait courir ce bruit il y a quelques mois. Dona Elvira n'est pas une femme qui puisse plaire à Aimery.

– Mais il peut lui plaire à elle.

– C'est possible... et sa situation surtout. Mais il ne suffit pas qu'elle le désire pour que cette union s'accomplisse.

– Évidemment. Toutefois, on peut essayer de forcer le destin.

– Comment, forcer le destin ?

– Eh bien, oui, par exemple en faisant répandre le bruit d'un mariage auquel ne songe pas du tout Aimery, ou bien en s'arrangeant pour avoir l'air d'être compromise par lui. Les femmes ont trente-six trucs pour cela, mon cher... je parle des femmes sans scrupules, naturellement.

– Et tu ranges dona Elvira dans cette catégorie ?

Colette passa un doigt distrait sur son petit nez retroussé.

– Je l'étudie depuis que j'ai l'occasion de la voir plus souvent, et je t'avoue qu'elle ne me plaît pas... mais pas du tout ! C'est une glace, cette femme-là... ou un volcan.

– Comment, un volcan ?

Laurent regarda sa femme d'un air amusé. Mais Colette semblait très sérieuse.

– Les deux peuvent aller de pair, je t'assure. Enfin...

À ce moment, on sonna du dehors, et peu après entra M. de la Roche-Lausac. Sa mine bouleversée fit jeter une exclamation à Colette :

– Qu'y a-t-il ?

– Meryem a fait une chute de bicyclette...

Il pouvait à peine parler.

– ... Elle est blessée...

– Oh ! mon Dieu ! s'écria Laurent.

– J'ai prévenu en passant le docteur Février. Il est déjà parti pour la Guibière. Venez, je vous emmène. Le commandant est ici ?

– Non, il n'est pas rentré.

– Pars avec Aimery, Laurent, dit Colette. Dès que ton père sera rentré, nous irons te rejoindre... Où est-elle blessée, Aimery ?

– À la tête.

– Cela paraît grave ?

Il fit un geste affirmatif. Son teint était décoloré, l'angoisse remplissait son regard.

Colette pensa : Ce n'est pas cet homme si épris qui se laisserait manœuvrer par une intrigante !

Il y eut plusieurs jours de grande inquiétude à la Guibière. Le médecin ne se prononçait pas sur l'état de Meryem. La commotion cérébrale avait été forte et la malade restait dans l'inconscience.

Colette la soignait avec l'aide d'une infirmière envoyée par le docteur. M. de la Roche-Lausac avait voulu que le commandant demeurât chez lui, et Laurent y passait tout le temps que ne demandait pas son travail.

L'accident avait eu lieu dans une allée du petit parc de la Guibière, que l'on prenait comme raccourci en allant vers Montaulieu. Le fils d'un fermier, ayant vu la blessée étendue sans connaissance, avait couru prévenir au logis.

– Elle qui est si adroite ! disait Laurent. Depuis le premier jour où elle est montée en selle, il ne lui était jamais arrivé la moindre anicroche.

Aimery semblait une âme en peine. Il tenait compagnie au commandant accablé d'angoisse et tous deux guettaient la moindre nouvelle, dont ils faisaient part à Mme de la Roche-Lausac. Quant à Elvira, elle s'intéressait correctement à la blessée, selon sa manière froide. On ne pouvait demander davantage d'elle.

Gisèle errait sans cesse autour de la chambre, demandant si « grande amie » allait mieux. Elle se montrait plus affectueuse pour son père, comme si leur commune inquiétude la rapprochait de lui.

Un matin, enfin, le docteur Février constata une légère amélioration. La malade semblait retrouver quelque conscience. Cette amélioration s'accentua les jours suivants. Meryem reconnaissait son père, Colette, Laurent. Elle ne pouvait encore parler, mais ses yeux reprenaient vie.

– Nous la sauverons, disait le médecin.

Et Gisèle qui l'avait entendu parcourait la maison en répétant joyeusement : « Nous la sauverons ! »

Chapitre 18

Il semblait à Meryem qu'elle sortait d'un abîme pour reparaître peu à peu à la lumière. Ses sens percevaient les sons, goûtaient les mets légers que lui faisaient prendre ses infirmières, voyait les visages, les meubles autour d'elle, les beaux glaïeuls mauves et jaunes dans le vase. La figure de son père, de Laurent, rappelait à sa mémoire les êtres chers. Quand ils lui prenaient la main, elle serrait la leur, faiblement encore, et sa tendresse pour eux paraissait dans ses beaux yeux las.

Mais elle ne pouvait faire encore que peu d'efforts pour se souvenir. Très vite, elle fermait les paupières et demeurait immobile, un peu somnolente. Les visiteurs alors se retiraient et les infirmières parlaient plus bas, car le docteur avait dit : « Pas de bruit, pas d'émotions, surtout ! »

Dans cet état de quiétude, Meryem se laissait aller à une bienfaisante torpeur. Elle en fut désagréablement tirée par une sorte de murmure, qui peu à peu se précisait, devenait une voix, des paroles.

« Il faut que tu sois écartée de ma route. Puisqu'il persiste à t'aimer, tu disparaîtras. Tu vas mourir, Meryem. »

Une atroce angoisse s'emparait d'elle. Trop faible pour bouger, elle essayait de soulever ses paupières ; mais celles-ci semblaient de plomb.

Elle entendit encore un bruit léger, comme un tintement de cristal, puis ce fut le silence.

Un gémissement passa entre ses lèvres. Aussitôt, une petite forme blanche écarta les grands rideaux de tulle qui tombaient devant la fenêtre ouverte sur le balcon ; elle s'avança vers le lit, en marchant sur la pointe des pieds.

– Vous avez mal, grande amie ?

Ne recevant pas de réponse, Gisèle s'en alla vers la porte, l'ouvrit et gagna un petit salon voisin où Colette se reposait. Aujourd'hui, la jeune femme avait eu un peu plus de fatigue, car c'était le congé hebdomadaire de l'infirmière, et voyant la malade tranquille, elle avait installé Gisèle sur le balcon avec un album d'images, en lui recommandant de l'appeler si Meryem se plaignait.

– Venez, cousine Colette ! Elle a l'air d'avoir mal !

Colette se précipita dans la chambre. Meryem restait maintenant silencieuse, mais son visage était rouge et les yeux qu'elle tourna vers sa belle-sœur semblaient remplis d'épouvante.

– Qu'as-tu, ma chérie ? Qu'as-tu, ma petite Meryem ?

Colette lui prenait les mains, les serrait entre les siennes.

Meryem essaya de parler, mais les mots ne passaient pas entre ses lèvres.

– Je vais te donner ta potion, cela te fera du bien. Il est l'heure, d'ailleurs.

Colette prit la fiole posée sur la table de nuit et la déboucha. La voix claire de Gisèle s'éleva :

– Pourquoi tante Elvira a-t-elle versé quelque chose dans la

Chapitre 18

bouteille ?

Colette la regarda avec surprise.

– Dans quelle bouteille, enfant ?

– Dans celle que tu tiens.

– Qu'est-ce que tu racontes là ? Ta tante est venue ici ?

– Oui, tout à l'heure. Elle s'est approchée du lit, a mis quelque chose dans la bouteille, puis elle s'est penchée sur cousine Meryem, puis elle est partie.

Colette faillit laisser échapper la fiole.

– Ah ! bien, par exemple ! Qu'est-ce que ça veut dire ?

Elle regardait la bouteille d'un air soupçonneux. Son front se plissait profondément.

« Il faut que je parle de cela à Laurent. » songea-t-elle. « Et tout d'abord, je mets cette drogue de côté. Je vais envoyer quelqu'un en chercher d'autre à Montaulieu. »

Elle reporta son regard sur Meryem. L'agitation de la malade la surprenait, car la prostration avait été son état habituel depuis l'accident. Une vive inquiétude la serrait au cœur. Elle sonna, et donna l'ordre qu'on téléphonât au médecin de venir.

Peu après, on frappa à la porte et en ouvrant elle vit la physionomie anxieuse d'Aimery.

– Qu'y a-t-il ?

– Une agitation un peu insolite. Ce n'est rien, sans doute, mais j'aime mieux que le docteur la voie. N'en parlons pas à son père, il est inutile de l'inquiéter s'il n'y a rien de sérieux, comme je le crois.

Le docteur Février était en tournée de visites et ne pouvait venir avant une ou deux heures. Colette guetta l'arrivée de Laurent et l'emmena dans sa chambre, après avoir demandé à la femme de chambre de la duchesse de rester un moment près de la malade.

– Qu'y a-t-il ? Meryem est-elle plus mal ? demanda Laurent, effrayé à la vue de la physionomie bouleversée de sa femme.

– Je le crains ! Et il y a autre chose...

En quelques mots, elle le mit au courant. Il l'écoutait silencieusement, la mâchoire contractée.

– ... Que dis-tu de cela ?

Il passa la main sur son front.

– Je dis que cela m'ouvre des horizons !... Il faut remettre cette fiole au docteur et lui raconter tout.

– Mais alors...

– Eh bien, oui... alors...

Ils n'avaient pas besoin d'autres paroles pour se comprendre.

Le médecin, après examen, déclara que la malade avait dû subir une commotion morale et que son état s'était de nouveau aggravé. Il réservait de nouveau son diagnostic. Mais Mme de Grelles avait-elle idée de ce qui avait pu produire cet effet ?

– Je m'en doute, du moins, dit Colette. Venez, et vous aussi, mon père, ajouta-t-elle en s'adressant au commandant qui assistait à la consultation.

Dans le petit salon, Colette mit le docteur et son beau-père au courant du nouveau fait inquiétant rapporté par la petite Gisèle. À son avis, dona Elvira avait dû provoquer une grande frayeur chez Meryem, sachant qu'elle pouvait lui être funeste.

– Quant à la potion, la voici, docteur.

– Je vais la faire analyser aussitôt. Mais c'est incroyable ! Pourquoi cette personne en voudrait-elle à Mlle de Grelles ?

– Parce qu'elle veut épouser M. de la Roche-Lausac et sait que celui-ci aime ma sœur, dit nettement Laurent. Il lui faut écarter l'obstacle, voilà tout.

– Ah ! en ce cas, oui. Quelle chance que la petite ait vu ça ! Je n'ai pas besoin de vous recommander la surveillance la plus stricte...

– Je la veillerai moi-même cette nuit, dit Laurent, et demain, ma femme et l'infirmière ne la quitteront pas. Quant à M. de la Roche-Lausac, nous attendrons le résultat de l'analyse pour l'informer de tout.

Le médecin alla vers la porte, puis il s'arrêta, l'air perplexe.

– Alors, si cette femme est capable d'une pareille chose, ne peut-on penser qu'elle a pu perpétrer un autre crime ?

Le commandant, prostré, anéanti par ce qu'il venait d'entendre, se redressa vivement.

– Mais oui ! Mais oui ! Vous y avez pensé, mes enfants ?

– Tout de suite, père, répondit Laurent. C'est une clarté aveuglante.

Chapitre 18

Vers ce même moment, le valet de chambre entrait dans le salon de la duchesse où Aimery attendait avec angoisse le résultat de la visite médicale.

– Le métayer des Quatre-Ormeaux demande si Monsieur le duc peut le recevoir.

– Oh ! pas maintenant ! Qu'il revienne. Demain, par exemple.

– Il dit que c'est quelque chose de très important.

Après une courte hésitation, Aimery leva les épaules.

– Eh bien, j'y vais. Faites-le entrer dans mon bureau.

Un instant après, M. de la Roche-Lausac se trouvait en face d'un homme au maigre visage bruni, près duquel se tenait un garçonnet à mine éveillée, qui ne semblait pas très à son aise.

– Qu'y a-t-il, Péguineau ? demanda Aimery.

– Excusez-moi, monsieur le duc, mais c'est pour une chose grave. Le Claude a vu ce qui s'est passé ; seulement, comme il se trouvait à s'amuser dans le parc et que c'est défendu, il n'a d'abord pas osé le dire, parce qu'il savait que je n'entends pas qu'il désobéisse. Enfin, il l'a raconté à sa sœur, qui a trouvé que ce n'était pas honnête de se taire, parce qu'on favorise le crime.

– Quel crime, Péguineau ?

– Eh bien, contre la demoiselle qui est malade.

Cette fois, Aimery perdait son air d'indifférence.

– Que dites-vous là ? De quel crime parlez-vous ?

– La chute de bicyclette, donc ! Le Claude était dans le parc, grimpé dans un arbre où il a installé une espèce de petite maison, comme celle dont on parlait dans un livre d'aventures. De là, il voyait très bien l'allée qui mène au raccourci. Voilà qu'une dame s'amène. Elle regarde tout autour d'elle, puis met une corde autour d'un tronc d'arbre et la laisse tomber en travers de l'allée. Après ça, elle s'en va de l'autre côté et se cache. Le petit, curieux, restait là en se demandant ce qu'elle allait faire. Du temps passe, puis voilà que la dame reparaît, prend le bout de la corde, s'étend par terre pour qu'on ne la voie point. Et la demoiselle arrive en bicyclette, et la corde est tendue à ce moment-là...

Aimery eut un cri.

– Mon Dieu !

Le métayer hocha la tête.

– C'est un crime, bien sûr ! Une fois la demoiselle tombée, la dame s'est sauvée. Le Claude se demandait ce qu'il fallait faire. Enfin, il a couru à la Guibière pour prévenir que quelqu'un était tombé... mais il n'a pas osé raconter le reste, comme je le disais à M. le duc...

– Comment était cette dame ? demanda fiévreusement Aimery en s'adressant à l'enfant.

– Une grande brune, habillée en noir. Elle avait à son cou quelque chose de rouge qui brillait.

La stupéfaction fit presque chanceler M. de la Roche-Lausac.

– Serait-ce ?... Tu as bien vu, Claude ? Elle a tiré sur la corde pour faire tomber la bicyclette ?

– Oh ! oui, monsieur.

– Bien... Merci, Péguineau, de m'avoir prévenu. Gardez cela pour vous provisoirement.

– On sera muet tant qu'il faudra, monsieur le duc.

Sur ces mots, le paysan sortit, suivi de son fils. Aimery se jeta dans un fauteuil et, le front entre ses mains, songea longtemps, le corps parfois secoué d'un léger frisson.

Chapitre 19

Le dîner fut ce soir-là singulièrement silencieux. Le commandant, ses enfants, Aimery avaient tous un visage fermé, un peu crispé par l'effort fait pour dissimuler leurs sentiments, cacher le secret qui les brûlait. Mme de la Roche-Lausac dînait ce soir dans son appartement. Elvira s'était fait excuser, les névralgies dont elle souffrait souvent l'ayant reprise aujourd'hui. M. de la Roche-Lausac et ses hôtes se séparèrent aussitôt après le repas. Aucun ne devait trouver le sommeil cette nuit-là.

Au matin, Meryem ne semblait pas mieux. À l'agitation avait succédé un état comateux. La femme de chambre vint de la part d'Elvira s'informer de ses nouvelles. Colette, après un instant de réflexion, répondit :

– Dites-lui qu'elle est très mal et qu'on n'espère plus la sauver.

Dans la matinée, Aimery se rendit à Périgueux et ne rentra qu'après

Chapitre 19

le déjeuner. Celui-ci n'avait pas été moins morne que la veille. Elvira ne semblait pas plus désireuse que les autres d'entretenir une conversation. L'angoisse au sujet de la malade suffisait pour ceux de sa famille à expliquer leurs mines sombres et leur silence.

Vers cinq heures, le médecin revint et après examen, parut moins inquiet. En sortant, il emmena Laurent dans le salon voisin et lui dit sans préambule :

– Il y avait une forte dose d'arsenic dans la potion.

Laurent blêmit.

– Affreux ! sans cette petite Gisèle, notre pauvre Meryem...

Il se prit le visage dans ses mains.

– Elle y passait, oui. Il faut mettre au courant de cela l'inspecteur Simonot. Il est précisément ici en ce moment.

– Comment, ici ?

– Oui, sa voiture précédait la mienne.

– Bizarre ! murmura Laurent.

Il alla trouver sa femme, lui fit part du résultat de l'analyse, puis alla s'informer près du valet de chambre au sujet de l'inspecteur.

– Il est dans le cabinet de M. le duc, monsieur, répondit Martial.

Laurent alla frapper à la porte de son cousin. Quand il entra, il vit à la mine des deux hommes que l'entretien était grave.

– Aimery, et vous, inspecteur, je viens vous révéler un fait qui va, je crois, éclairer bien des choses.

– M. de la Roche-Lausac m'en a appris un qui découvre certains horizons intéressants. Voyons le vôtre, monsieur de Grelles.

– Ma sœur a été l'objet d'une tentative d'empoisonnement.

Aimery jeta un cri d'horreur. Quant à l'inspecteur, l'intérêt s'accentua sur sa physionomie.

– ... Le docteur Février vient de me dire que la potion emportée par lui hier pour analyse contenait une forte dose d'arsenic. L'auteur de cet attentat a été vu par la petite Gisèle au moment où il versait le poison dans la fiole... C'est dona Elvira.

– Elle ! dit Aimery, serrant les poings. Ah ! inspecteur, cette fois, j'aurais bien envie de devenir criminel !

– Vous seriez excusable, monsieur. La mâtine. Elle nous a bien joués. Pas de mobile pour elle ? Eh ! Eh ! nous n'avions pas imaginé qu'elle voulait prendre la place de sa sœur !

– Et une autre femme lui faisait obstacle, elle a tenté de s'en débarrasser, dit Laurent.

– Parfaitement. C'est simple et expéditif. L'accident de bicyclette n'ayant pas réussi...

– Comment, l'accident de bicyclette ?

– Mais oui, le premier attentat contre Mlle Meryem.

Et l'inspecteur mit Laurent au courant de ce que le fils du métayer avait révélé à M. de la Roche-Lausac.

– Vous voyez quelle obstination dans le crime. À tout prix, elle voulait atteindre son but... Mais, j'y pense, la cocaïne...

Il réfléchit un instant, le front plissé.

– ... Ne serait-ce pas l'intermédiaire par lequel sa sœur la recevait ?

– Vous avez raison, inspecteur, s'écria Aimery. Ce doit être elle ! La misérable ! Le monstre !

L'inspecteur se frotta les mains.

– Allons, tout va bien ! Faites venir votre métayer et son fils, monsieur de la Roche-Lausac. Je vous demanderai de vous trouver dans une demi-heure ici, avec M. Laurent et sa femme. Comme j'ai amené un de mes hommes, nous pourrons procéder immédiatement à l'arrestation. Maintenant, je vais voir le docteur afin qu'il me communique le résultat de l'analyse, et en même temps je parlerai à Mme de Grelles et à votre petite fille, monsieur de la Roche-Lausac.

Quand Simonot fut sorti avec Laurent, Aimery demeura dans son fauteuil, le visage entre ses mains. Cette révélation, qui l'innocentait complètement, produisait en lui un mélange de joie et d'horreur. Ainsi, il avait vécu depuis des mois près de la meurtrière, près de cette âme ténébreuse qui poursuivait son œuvre de mort pour assouvir son ambition ou sa passion.

Car cette passion d'Elvira pour lui, il l'avait obscurément pressentie en ces derniers temps. Quelle stupéfiante force de dissimulation existait chez cette femme.

Elle avait si bien appliqué sur sa physionomie ce masque de froideur que personne n'avait songé à la suspecter. Il n'y avait pas de mobile pour elle, avait dit l'inspecteur.

Il y en avait un : elle aimait son beau-frère. Aimery eut un frisson de dégoût. Se levant brusquement, il alla vers la fenêtre et l'ouvrit pour laisser entrer l'air moins chaud à cette heure. Ah ! que sa maison fût délivrée de cette présence exécrable ! Que Meryem, la bien-aimée, fût sauvée !

Il répéta : « Meryem ! Meryem ! » Et l'espoir se mêla à l'angoisse dans son cœur tourmenté.

Chapitre 20

Elvira, étendue sur sa chaise longue, fumait en regardant les nuages qui fuyaient sur le ciel pâle. Un souci mettait un pli à son front. Elle étendit la main et sonna. La femme de chambre parut.

– Avez-vous des nouvelles de Mlle Meryem, Anne-Marie ?

– Elle n'est toujours pas bien, m'a dit tout à l'heure l'infirmière. Cette rechute préoccupe tout le monde.

– Mais a-t-elle eu des maux de cœur, des vomissements ?

– Oh ! non, pas du tout, mademoiselle. Seulement, elle ne bouge pas, elle est un peu dans le coma, d'après l'infirmière.

– Bien, merci, Anne-Marie.

De nouveau seule, Elvira reprit sa cigarette et sa songerie. Le pli se creusait davantage sur son front. Au bout d'un moment, elle se pencha, ouvrit le tiroir d'une petite table placée près d'elle et en sortit une photographie. Elle la considéra un instant, avec un brûlant éclair dans le regard, et elle murmura d'une voix rendue rauque par la passion :

– Oh ! pour toi !... pour toi ! Tout, oui, tout !

Un coup fut frappé à la porte. Elle jeta la photographie dans le tiroir, repoussa celui-ci et dit : « Entrez ! »

C'était encore Anne-Marie, qui annonça :

– M. le duc prie Mademoiselle de venir lui parler dans le hall.

Elvira posa sa cigarette dans le cendrier et se leva. Deux minutes plus tard, elle apparaissait dans le hall. Mais elle s'arrêta, et eut même un léger mouvement de recul, en voyant l'inspecteur debout près de Laurent et d'Aimery. À quelques pas de là était assise

Colette.

– Qu'est-ce donc ?

Aucune émotion ne se discernait dans sa voix, calme, assurée.

– Quelques questions seulement à vous poser, mademoiselle, dit l'inspecteur.

Il s'avançait et la regardait droit dans les yeux.

– C'est bien vous qui, vendredi dernier, avez tendu la corde qui a fait tomber la bicyclette de Mlle de Grelles ?

Elle eut un léger haut-le-corps, mais son regard soutint hardiment celui de l'inspecteur.

– Que me racontez-vous là ? Quelle idée vous a passé par la tête, inspecteur ?

Aimery alla vers une porte, l'ouvrit et appela :

– Péguineau !

Le métayer entra, suivi de son fils. S'adressant à celui-ci, l'inspecteur demanda :

– Y a-t-il ici la dame qui a fait tomber Mlle Meryem ?

Claude tendit son doigt vers Elvira.

– Oui, la voilà !

– Bon, vous pouvez vous retirer.

Elvira leva les épaules, avec un regard de dédain vers Simonot.

– Vraiment, inspecteur, je ne vous aurais pas cru capable d'écouter les ragots de ces gens-là ! Et pourquoi donc, voulez-vous me le dire, aurais-je agi de si noire façon à l'égard de Mlle de Grelles ?

– Pour la même raison qui vous a fait tenter de l'empoisonner hier.

Cette fois, Elvira parut touchée. Quelques secondes seulement. Un vacillement dans le regard, une crispation des lèvres. Mais presque aussitôt, elle ripostait d'un ton sarcastique :

– De mieux en mieux ! Quel autre esprit inventif vous a rapporté cela ?

– La fille de M. de la Roche-Lausac vous a vue verser le poison dans la fiole de potion.

– Encore un racontar d'enfant ! Vous les collectionnez, inspecteur.

Sans paraître s'apercevoir de cette ironie, Simonot ajouta :

– Et l'analyse a démontré l'existence, dans cette fiole, d'une dose mortelle d'arsenic.

– Je n'irai pas contre, les gens qui font ces analyses doivent connaître leur affaire. Mais toute autre personne a pu l'introduire dans cette potion.

– Je vous répète que votre nièce vous a vue.

– Et moi je récuse le témoignage de cette enfant.

Devant cet aplomb, ce calme déconcertant, Aimery ne put contenir son indignation.

– Misérable femme, ayez au moins le courage d'avouer vos crimes !

Elle le regarda, et pendant un moment ses yeux parurent brûlants comme une flamme.

– Non, Aimery, je n'avoue pas. Je n'ai rien à avouer.

– Nous avons des preuves suffisantes, dit l'inspecteur. Je vous arrête sous l'inculpation de double tentative de meurtre contre Mlle de Grelles et de l'assassinat de votre sœur.

Elle eut un sourire dédaigneux à son adresse.

– Faites. Vous en serez encore pour une erreur de plus.

– Et vous, vous m'auriez laissé condamner à votre place, dit la voix dure de M. de la Roche-Lausac.

Elle le regarda de nouveau, et la même flamme reparut dans ses yeux.

– Non, Aimery, je ne vous aurais pas laissé condamner. Je me serais accusée plutôt, quoique n'étant pas coupable.

Sa voix prenait une sorte de douceur. Elle redevint aussitôt froide et sardonique pour ajouter :

– Si vous tenez à m'emmener, inspecteur, partons. Mais auparavant, je voudrais prendre dans ma chambre ce qui m'est nécessaire.

– Bon, tout à l'heure, et en ma présence.

Allant à une porte, l'inspecteur appela :

– Porlier !

– Emmenez mademoiselle dans le salon et tenez-la à l'œil.

Elvira lui jeta un regard si noir qu'il songea : « Eh bien, il paraît qu'elle avait quelque chose d'intéressant à faire là-haut. Détruire quelque preuve, sans doute, et se tuer, peut-être, maintenant qu'elle voit tous ses beaux plans à l'eau. »

Une demi-heure plus tard, l'inspecteur reparaissait dans le hall où étaient demeurés Aimery et Laurent, Colette ayant repris son poste d'infirmière. Il annonça :

– J'ai trouvé une corde cachée derrière la trappe de la cheminée. Dans un petit coffret enfermé dans son armoire, il y avait un peu de cyanure – sans doute pour s'empoisonner elle-même, en cas de découverte de ses crimes. Mais elle pensait bien être à l'abri, puisqu'elle ne le portait pas sur elle. Enfin, dans un tiroir de table, dans son bureau, des photographies de vous, monsieur de la Roche-Lausac, un gant d'homme, un mouchoir à votre chiffre. Bref, tout le petit bagage d'une amoureuse.

Aimery eut un geste de répulsion.

– Ah ! ne me parlez pas de cela ! C'est odieux ! Alors, vous l'emmenez ?

– Eh oui ! elle l'a triplement mérité. Fourniture de cocaïne, meurtre de sa sœur, tentatives de meurtre sur Mlle de Grelles. Un joli bilan ! Mais elle niera jusqu'au bout, je crois pouvoir l'affirmer. Elle doit avoir des nerfs à toute épreuve, cette femme-là !

– Non, elle n'avouera pas, dit Laurent. Elle l'aurait fait dans un seul cas, ainsi qu'elle l'a laissé entendre, tout à l'heure : si son beau-frère avait été condamné. Mais il lui convenait au contraire qu'étant acquitté une certaine suspicion pesât encore sur lui, car ainsi, comme il répugnait dans ces conditions à contracter un nouveau mariage, il lui était plus facile de manœuvrer autour de lui pour l'amener à ce qu'elle voulait.

– Évidemment. Toute cette affaire était bien machinée. Malheureusement – pour elle – la chance ne l'a pas aussi bien servie cette fois-ci... Allons, messieurs, je me retire. Vous serez tenus au courant et l'on vous convoquera en temps utile pour apporter votre témoignage.

Quand l'inspecteur se fut retiré, les deux cousins demeurèrent silencieux, encore accablés par ces derniers événements. Enfin Laurent murmura avec un frisson :

– Dieu a permis que notre Meryem échappât au sort qu'elle lui réservait. Sans Gisèle, elle ne serait plus vivante !

Aimery lui prit la main et la serra violemment.

– Ah ! n'évoquez pas cette chose affreuse ! Meryem !... Meryem, ma fiancée, car je la considère comme telle dès maintenant. Nous ne nous sommes jamais dit un mot de notre amour, Laurent, mais il n'était pas besoin de paroles pour nous comprendre.

– Je le sais, mon ami. Désormais, vous aurez le droit de parler... Quand elle sera mieux, notre pauvre petite !

Ce mieux ne semblait pas près de se produire. Le médecin demeurait toujours soucieux. Un éminent confrère appelé par lui en consultation déclara que l'état de prostration où se trouvait la jeune fille pouvait se prolonger encore et qu'il était impossible de prévoir quelle en serait l'issue.

– Elle a dû éprouver une grande commotion morale, ajouta-t-il, en un moment où son cerveau restait encore infiniment sensible. Une impression vive, heureuse, aurait des chances de produire une réaction favorable.

– Mais la percevrait-elle, dans l'état de son cerveau ? demanda Laurent.

– Certainement. Elle n'est pas insensible, elle comprend, faiblement, si je puis dire, mais avec une suffisante netteté. Je l'ai vu à ses yeux quand je lui ai parlé.

– Eh bien, si vous êtes de cet avis, je vais essayer, dit résolument Aimery.

Il entra avec les médecins dans la chambre de la malade. Celle-ci avait les yeux grands ouverts et les tourna vers lui. Il y vit passer comme une lueur. S'approchant, il se pencha, prit la main tiède et y posa longuement ses lèvres.

– Meryem, nous allons être heureux. Je vous aime, vous serez ma femme. Meryem bien-aimée, vous m'entendez ?

La lueur s'accentua dans les beaux yeux noirs. La main que tenait Aimery serra faiblement la sienne.

– ... Meryem, nous nous marierons dès que vous serez rétablie. Nous serons heureux, ma chérie...

Les lèvres pâles se détendirent, esquissèrent un sourire. La vie revenait dans le regard qui ne quittait pas Aimery.

Le médecin dit à mi-voix :

– Restez près d'elle. Parlez-lui de temps en temps. Je crois que c'est le bon remède.

Si bon que le lendemain, le docteur Février déclara que les pronostics étaient maintenant beaucoup plus favorables. Sans nouvelle anicroche, la guérison pourrait se faire rapidement.

– Ah ! nous n'avons plus ici de meurtrière pour tenter de nous la tuer encore ! répliqua Colette. Elle est sous les verrous désormais, l'odieuse femme ! J'espère bien qu'on l'y gardera toujours !

Vers cette même heure, la femme qui s'occupait des détenues entrait dans la cellule d'Elvira et la trouvait morte, exsangue, les veines des poignets ouvertes.

La criminelle n'avait pas voulu attendre le jugement des hommes. Elle était maintenant en présence d'un juge qui n'avait pas besoin du témoignage des hommes pour prononcer la sentence.

Dans le courant de l'hiver suivant, Aimery et Meryem allèrent passer quelques semaines à Paris, dans l'hôtel que possédait M. de la Roche-Lausac. Laurent et Colette vinrent l'y rejoindre, laissant pour quelques jours leur fils, le filleul d'Aimery, à la Guibière, sous la surveillance de la duchesse douairière et du commandant. Un matin, en parcourant un journal, Laurent tomba sur un entrefilet relatant un accident survenu à une demoiselle Françoise Gibault. La victime, gravement atteinte, avait été transportée à l'hôpital Beaujon.

– La pauvre ! dit Meryem. Ce n'est pas une bien intéressante personne, mais il faut quand même avoir pitié d'elle.

Laurent sourit.

– Ce qui veut dire, ma charitable sœur, que nous devons aller la voir ?

Meryem se tourna vers son mari.

– Quel est votre avis, Aimery ?

– Faites ce que votre conscience vous conseille, chère Meryem, répondit-il en enveloppant d'un long regard de tendresse le pur et fin visage éclairé par la douceur des yeux si beaux.

Dans l'après-midi du lendemain, le frère et la sœur se rendirent à l'hôpital. Après leur avoir appris que la blessée était au plus mal, mais gardait encore sa connaissance, on les introduisit près d'elle. Quand elle les vit, un tressaillement parcourut son visage – du moins la partie que l'on voyait entre les bandages.

Chapitre 20

– Nous avons appris votre accident et nous venons vous voir, Françoise, dit Meryem.

– Ce n'était pas la peine, dit une voix faible. Vous n'aviez pas à vous soucier de moi.

– C'est possible, mais nous vous pardonnons volontiers, et si nous pouvons faire quelque chose pour vous, dites-le sans crainte, ma pauvre Françoise.

– Rien... plus rien. J'ai vu l'aumônier ce matin. Je lui ai tout raconté...

Elle se tut un moment. La respiration était rapide, saccadée.

– ... J'ai vu l'été dernier dans un journal que dona Elvira avait essayé de vous tuer, Meryem, et qu'on avait connu ainsi qu'elle était l'assassin de sa sœur... Cela, je le savais...

– Comment, vous le saviez ? s'exclama Laurent.

– Oui, quand je suis entrée dans le salon après avoir entendu la détonation, quelqu'un disparaissait précipitamment par la porte menant à l'appartement de dona Elvira. J'ai eu le temps d'apercevoir un pyjama vert, des cheveux noirs. Mais je ne pouvais rien dire, parce que... Enfin, vous savez pourquoi.

Elle se tut de nouveau. Son visage s'altérait davantage.

– Eh bien, tout s'est arrangé quand même, dit Meryem. Au nom de mon père, je vous le répète, Françoise, que nous vous pardonnons.

– C'est tout ce qu'il me faut. Merci. Maintenant je n'ai plus qu'à mourir.

Le lendemain, Laurent, venant aux nouvelles, apprit que Françoise était décédée dans la nuit. En revenant à l'hôtel de la Roche-Lausac, il trouva sa femme, sa sœur et son beau-frère réunis dans le salon. Quand il leur eut fait part de la mort de Françoise, Meryem dit gravement :

– Que Dieu ait son âme ! Mais j'étais en train de faire observer que ce rubis de l'émir, prétendu porte-bonheur, a rempli un rôle tout contraire. De ces trois femmes qui l'ont possédé un temps plus ou moins long, l'une est morte assassinée, la seconde, convaincue de meurtre, se suicide, la troisième est victime d'un accident. Vous avez bien fait de vous en défaire, Aimery.

– Oui, je l'avais en horreur.

Mais ce n'était pas chez lui superstition. Il n'aurait pu supporter de conserver ce joyau dont ne se séparait pas Flora, et qui lui rappelait les souvenirs douloureux de sa première union, ce merveilleux rubis qu'avait porté Elvira, la meurtrière, et qu'on lui avait remis après la mort de celle-ci.

Le rubis de l'émir, vendu, avait produit une somme consacrée par le duc de la Roche-Lausac à la fondation d'un asile de vieillards.

ISBN : 978-3-96787-538-6